不敢往前走，何必谈未来

王文通 著

北京联合出版公司
Beijing United Publishing Co.,Ltd.

图书在版编目（CIP）数据

不敢往前走，何必谈未来 / 王文通著. -- 北京：北京联合出版公司，2017.2（2023.3重印）

ISBN 978-7-5502-8959-8

Ⅰ．①不… Ⅱ．①王… Ⅲ．①散文集－中国－当代②短篇小说－小说集－中国－当代 Ⅳ．①I217.2

中国版本图书馆 CIP 数据核字（2016）第 264995 号

不敢往前走，何必谈未来

作　　者：王文通

出 品 人：赵红仕

责任编辑：徐秀琴

封面设计：王　鑫

北京联合出版公司出版

（北京市西城区德外大街83号楼9层 100088）

北京新华先锋出版科技有限公司发行

三河市宏达印刷有限公司印刷　新华书店经销

字数100千字　620毫米×889毫米　1/16　14印张

2017年2月第1版　2023年3月第3次印刷

ISBN 978-7-5502-8959-8

定价：49.80元

不敢往前走 何必谈未来

　　这世上最可怕的孤独不是整个世界只剩下你一个人，而是整个世界都在，而爱你的人不在了。

——《孤独来源于爱》

十七岁正好，十八岁不显老，十九岁凑合，二十岁就是中年人了。

　　后来我突然明白，年龄多大并不重要，重要的是你活成什么年纪的样子。

——《一年一度十八岁》

　　一辈子这么长，总要分几个年头给不务正业，一辈子这么短，总要有几个不务正业的年头。

——《一只看花的羊》

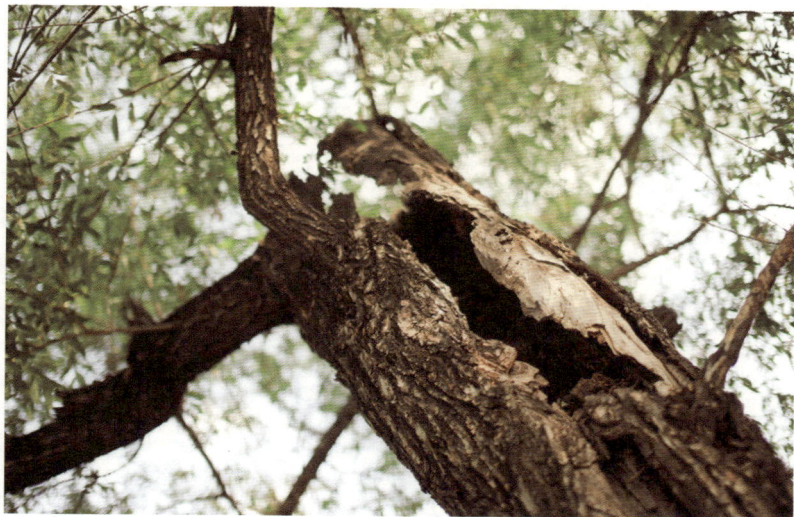

　　孤独并不可耻，不会享受孤独才是可耻的。生活就是这样，热闹的时候学会合群，孤独的时候学会享受。

——《与孤独的自己相处》

目 录

不敢往前走 何必谈未来

contents

不敢往前走 何必谈未来

contents

不敢往前走 何必谈未来 ▲

如果男神向你求婚

▶

这个世界就是这么现实，男神永远配女神，活得不漂亮的女生永远不会嫁得漂亮。

如果有一天男神向你求婚，那么你一定是在做梦。

前些日子网络上盛传一个问题：如果有一天你的男神向你求婚，你敢答应吗？

我拿这个问题去问一位女性朋友，她毫不犹豫地回答："敢。"

我又问了一遍，她开始有些犹豫，迟疑了半天，才回答道："敢吧？"

我又问了一遍，这次她沉默了许久，苦笑着回答道："不敢。"

"为什么不敢？"

"感觉自己配不上他。"

朋友回答道，哪怕自己答应了，出门也不敢跟着，怕给他丢脸。但是不跟着又不放心，因为比自己更配他的女生一抓一大把。

是呀，男神身材好颜值高，有金孝顺又上进。你满脸油光暴饮暴食；天天韩剧爆米花；挣的钱不够自己花，一个月的工资连一只高档的口红都买不起；读的书除了课本就是一些低智商的言情小说。你男神买好房子车子，每天钞票供着哄着你，隔三差五带你去世界各地旅游，逢年过节给你的父母买大把的礼品，凭什么？

帅哥和美女在一起，叫天造地设；丑的在一起，叫真爱；帅的和丑的在一起，叫瞎。虽然有时候确实能看到几个不登对的走在一起，但是又有几个？况且，现在跟你抢男神的，不只有女生。

我说的丑并不是指外貌形象。没有丑女人只有懒女人，腹有诗书气自华！相貌一般但气质上佳、活得漂亮的女生并不少见，五官精致但在爱情生活中处处失意的人也不在少数。总的来说，懒和读书少是阻碍你泡到男神的两座大山。

大学时认识的两个女生，我们暂且称为女生 A 和女生 B。A 整日待在宿舍追剧睡觉，蓬头垢面，哪天化了妆必定打开美颜相机美美拍一张发朋友圈、微博，收获无数的评论和赞。B 家境和样貌都稍微逊色于 A，但 B 每周总有几天泡在图书馆，后来自己做兼职挣钱买了单反，自学了摄影。B 每个月雷打不动去爬一次山，不发朋友圈不发微博。大学四年，基本上把北京周边的山爬了个遍。

每次 A 和 B 同时出现的时候，A 总是光鲜亮丽万人瞩目，B 不太起眼，虽然也收拾得大方得体，但很少化浓妆。A 的男朋友更换频率非常高，不过始终没有攻下系里的系草。B 一直单身，虽然她相貌也挺好，但是在 A 的身边总是被她的光环掩盖。

后来学校举办英文辩论赛，一向不显山露水的 B 用一口流利的英语打得对方辩手毫无还嘴之力，让整个专业的人都目瞪口呆。庆功宴的时候系里的人一窝蜂地拥到了女生宿舍，无意间翻到了 B 的相册，厚厚一沓全是 B 在各个山顶上的笑脸；阳台上放了十几盆养的多肉，叶片整整齐齐，十分喜人；桌子上放着几本刚出的新书和温热的水杯。而 A 的桌子上，除了满满当当的化妆品，就是没有吃完的零食和已经没电了的 iPad。

那天系草一直和 B 走在一起，说说笑笑地聊了好久，B 也大大方方，没有半分羞涩与自卑。毕业后系草和 B 走在了一起，毕业一年后同学聚会的时候，两人成对出现，已经准备好了婚房，工作也稳定了下来，羡煞旁人。以前 B 一个人爬山，现在系草陪着她，立志走遍全国的名山大川。而 A，还粘着长长的假睫毛，化着重重的眼影，坐在包厢的角落里，强颜欢笑。

张爱玲说，喜欢一个人，会卑微到尘埃里。也有人说，喜欢一个人的标志，就是觉得自己配不上他。如果爱一个人，就要努力让自己配得上他。对爱情不要太着急。自己不慌不忙地成长，总有一天，当对的人出现的时候，你会觉得自己完全配得上他。

样貌是天生的，但是你完全可以做一个合适的发型，注意饮食，调理好皮肤；身高是天生的，但是你完全可以锻炼一个好身材，学学搭配，让自己看起来更舒服；智商是天生的，但是你完全可以多读读书，不需要让别人知道，只需要自己内心充实丰盈，不至于在别人咏叹"落花人独立，微雨燕双飞"时候，你只能爆一句"下雨了真他妈冷"；家境是天生的，但是你完全可以把周末睡懒觉的时间拿出来做做兼职，减轻一下家里的负担，买一些自己想要的东西，让自己活得漂亮一点。

天生的东西我们无法改变，但是我们完全可以通过自己的努力变得更好。只有自己变得更好，才能配得上更好的人。毕竟遇到一个又帅又多金，性格好还眼瞎，正好瞎在你身上的好男人的概率太小了。

闺密小张上大学的时候疯狂爱上了隔壁院的一个男生。那时候爱得也够轰轰烈烈，天天早上做好爱心早餐送到男生宿舍楼下，整天省吃俭用，在男生生日的时候给他昂贵的生日礼物。男生从刚开始的不为所动到后来的不胜其烦，最后实在是忍不了了，一天当着许多人的面狠狠地拒绝了小张，让她死了这条心。

　　小张回到宿舍大哭了一场，后来安慰自己说男生只是现在不想谈恋爱，并不是不喜欢自己，结果一个星期后男生就和同系一个高挑漂亮的女生在一起了。她为此难过了好长一段时间，后来看了看灰头土脸的自己，乱蓬蓬的头发，永远的校服和一桌子的言情小说，终于下定决心改变自己。

　　半个学期的时间，小张每天坚持锻炼跑步，向表演系的女生请教搭配的技巧，自己又去当了家教挣外快，每天早上早起梳洗读书。几个月后就变了一个人，沉稳大方，变成了标准的气质美女。没多久同系的一个男生就对小张展开了攻势。后来从别人口中得知，当初那个拒绝小张的男生，在宿舍长吁短叹，后悔自己当初的选择。

　　这些话传到小张耳中的时候，她只是咧开嘴笑了笑，对于自己以前的种种，用了一句话总结——没见过世面。

　　不要把时间浪费在追一匹马身上，努力种好一片草原，来年的时候会有一群骏马让你挑选。人经常犯的一个错误就是在爱情里失意的时候，痛过后永远想的是换一个比前任或者男神稍微次一点儿的试试看，而不是提升自己、丰盈自己，让自己配得上更好的人。

　　古时候说媒讲究门当户对，现在虽然说起来不讲究这些，但是门当户对是条铁律，横在你和你男神之间。只不过以前看的是彼此的家境，现在看的是彼此本人。

　　姑娘，醒醒吧，王子和灰姑娘的故事毕竟只是童话，而这个世界就是这么现实。男神永远配女神，活得不漂亮的女生也永远不会嫁得漂亮。

　　且不说小张那样苦追不得，就算现在男神在你面前拿着钻戒，单膝跪地向你求婚，你敢答应吗？

孤独来源于爱

▶▶

这世上最可怕的孤独不是整个世界只剩下你一个人，而是整个世界都在，而爱你的人不在了。

孤独来源于爱。

这是我写在大学日记本上的第一行字。曾经有人问我这句话是什么意思，我想了想告诉她，因为没有爱的人是不会感到孤独的。

上中学的时候，因为学校不让带手机，所以终日与我相伴的是一只银灰色的 MP3。MP3 的存储器只有两个 GB，存下来也就四五百首歌的样子。每周回家的时候，都会在网上下载一些当时最新的单曲，在学校一周之后，把新歌里面好听的留下，不好听的删掉。

但因为存储量原因，下载新歌的时候，总不得不挑一些旧歌删掉。每次删歌的时候，总是挑挑选选好久，哪怕是一些许久没有播放过的曲目，也总是犹犹豫豫，不舍得删掉。就算下定决心删了，也会专门找一个本子，把这些歌曲记下来，生怕忘了，害怕不会再遇见这首歌曲。当时心里一直想着，万一哪天想起了这码子事，还能翻翻看看，知道自己当初喜欢的是哪些歌。

旧歌慢慢走了，新歌慢慢来了，又变成了旧歌，又走了，新的又来了……周而复始，几年来 MP3 越来越旧，里面的歌却始终没有听腻。后来上了大学，换了存储量很大的手机，里面的歌却再也没有换过。

后来大学的舍友问我，你手机里整天就是这些歌曲，你不烦呀？

我认真地考虑了他的问题，是从什么时候就不太喜欢听新歌了呢？

或许是在高中的时候。到了后来，MP3 里面的歌被删删减减，留下来的都再也舍不得删掉，每次想要下载新歌的时候，都会想到：新歌有我这里面的老歌好听吗？把老歌删掉，万一以后忘了这首歌怎么办？

于是很长的一段时间没有再下载新的歌曲。刚换手机的时候，也下载过一些当时比较新的单曲，可是再也没有时间像最初那样，一首一首听完，然后留下喜欢的。

我已经习惯了听老歌，哪怕越来越腻。

热恋中的人往往是最孤独的人。

朋友当时和一个大她两岁的男生谈恋爱，男生已经大学毕业上班了。一是工作比较忙，二是比较成熟了，不会整天腻歪。但是朋友不行，还是小女生的她恨不得变成一颗扣子，整天贴在男朋友的身上。

男朋友不回微信了，她把之前所有的聊天记录从头到尾看一遍；男朋友这周有事，惯例的约会没有来，她就一整天闷闷不乐，什么事也不想做；男朋友某天晚上睡得早了，没能陪她聊天，她就狂发朋友圈表达自己的不满。

一天上专业课的时候，她突然跟我说，觉得自己好孤独。

她接着"吧啦吧啦"说了好多，大概的意思就是没有他陪着的时候，就会感到孤独。

一年后她和男朋友分手了，又变成了当初那个没心没肺的傻姑娘，再也没说过"孤独"这两个字。

恋爱中的很多人都会这样，把自己所有的欢喜全部放在对方的身上，一丁点儿的风吹草动，就会让你心里空落落的，那种感觉叫孤独。

若是你从来不喜欢一个人，他回不回微信，这周有没有找你，与你的心情有何干？你会因此感到孤独，感到惆怅吗？

因为爱才会依赖，因为依赖才会孤独。

2015年年底的时候我二奶奶过世，办丧事的时候我看到二奶奶的大儿子，我伯伯，一个人坐在灵床前，表情有痛苦，有怅然若失，也有解脱。

二奶奶过世的时候八十四岁，她最小的儿子在外地因为一场意外没了，家里人怕二奶奶知道了身体受不住，所以一直瞒着她。伯伯想着二奶奶年纪大了，于是回到老宅里照顾二奶奶。

二奶奶时常会问起他，为什么老小不回来看她，为什么连一个电话也不打。

伯伯总是瞒着她，但是时间久了，二奶奶好像也明白了什么，于是问他是不是老小出了什么事。伯伯总是搪塞过去，笑着跟她说没事，老小就是太忙了。

我不知道那段日子伯伯是怎么熬过来的。自己最亲的弟弟没了，还要他瞒着自己的母亲。心里难受了，也不敢和别人说，只能自己慢慢熬。

二奶奶的病比较急，说走就走了。那几天伯伯一直在灵床前嘟囔着，说这是二奶奶的福气，没受罪，干脆利落。门前的人有人在暗地里说他不孝顺，传到他耳朵里的时候，他也只是笑笑不说话。

丧事办完后，来吊唁的人也都陆陆续续走了。偌大的屋子就只剩下伯伯一个人。伯伯腿脚不好，于是我带着他去二奶奶坟头做最后一次祭祀。

那天天气很好，就是风大。坟地里也没什么人，伯伯下了车后一个人走到二奶奶的坟前，烧了纸放了鞭炮，把熬好的粥倒在坟头，再添上一捧土。

弄完后，伯伯走了两步，却又突然转身跪在了坟前，放声大哭。

"妈，我想我弟！我不敢说，我怕你知道。现在你走了，我也想你，我现在敢想了，你不在了，敢想了……"

我从未想过向来要强的伯伯，会哭成那个样子。

二奶奶在世的那几年，可能是他最无助的几年，没有人交流，也没有人安慰。是因为对二奶奶的爱，他才一个人扛下来所有的孤独。

孤独来源于爱，因为没有人会为了孤独而孤独。

　　这世上最可怕的孤独不是整个世界只剩下你一个人，而是整个世界都在，而爱你的人不在了。

　　其实不管是 MP3 里始终没有更迭、越来越腻的老歌，还是数年来一直藏着心事的伯伯，都是因为爱才选择放弃一些，坚守一些，因为爱选择了孤独。

　　那是一种内心丰满而强大的孤独。

爱情里的理直气壮

▶

过了很久之后我才知道，原来女生之间也有一条鄙视链——会耍脾气的鄙视只会控制情绪的，会控制情绪的鄙视控制不住情绪的，控制不住情绪的鄙视单身的。

只有恰到好处的胡闹，才会有恰到好处的爱情。

下午的时候坐在阳台上读李碧华的《胭脂扣》，书里永定把女鬼如花带回了家，害怕女友阿楚知道了乱想，于是跟她说厕所漏水把家里的地毯弄湿了，让她别回来。可永定从来没撒过谎，一下就被阿楚听出来了，阿楚对他说了一句话："袁永定，你形迹可疑，不懂得创作借口——我非来不可。如果地毯没有湿透，你喝厕所水给我看！"

原文上下连在一起读，要比我所说的妙趣横生得多。当时看到这里，忍不住笑出声来。阿楚本是香港的娱记，做起事来风风火火，能在娱乐圈里混，想必情商和控制力是极高的，但是在永定面前，她总是动不动就要无赖、闹脾气。永定本来也生气，后来想想，也罢，她在旁人面前也不这样，到底还是我对她来说不一样。

我身边像阿楚这样的姑娘很多，各个在生活中都是情商极高。面对领导、下属或是合作伙伴，各种状态都能无缝切换，完全能做到不失分寸，礼仪周到，但是往往在男朋友或者老公面前，一天不耍小脾气就浑身难受。奇怪的是，这些可怜的男人们对此还颇为享受。

曾经有人说过，情商高的女人在爱情里当弱者，情商低的女人在爱情里当强者。我把这句话发给上大学的时候认识的一个编导系的女生，后来她十分鄙夷地回我：不对着他耍点小脾气，他怎么体现自己作为男友的大度和对女朋友的宠溺？

我又问她，你就不怕哪天他烦了，要跟你分手吗？

她依然对我万分鄙夷：你以为我耍脾气都是无理取闹吗？什么都要掌握好度，要让他有一种"哎呀！这姑娘脾气这么差，我要是不要她可怎么办"的感觉，又不能让他感到厌烦。最重要的是言语上的进攻，行动上的让步——再怎么闹，衣服还是要给他洗的，生病的时候还是要照顾他的。

我表示十分吃惊，同时也对那个被她"欺骗"的男人感到深深的同情。

于是她简直对我鄙夷透了：你太聪明了，怪不得你现在一直找不到女朋友。

怪我咯？

过了很久之后我才知道，原来女生之间也有一条鄙视链——会耍脾气的鄙视只会控制情绪的，会控制情绪的鄙视控制不住情绪的，控制不住情绪的鄙视单身的。

我记得阮经天在一档真人秀节目里曾经说过一句话——"好生气哦，可是还要保持微笑。"职场上的每个人（除了领导），似乎都能做到这一点。而在爱情里，我们却从来没有这一说。要有的话，也只能是"今天没什么好生气的，我找点什么理由耍个小脾气呢？"这大概是向别人宣告主权的一种方式，就跟小狗会在自己领地范围内的树根下做一些大家都知道的事情——原谅我的比喻有点粗俗，但是事实却是如此。

隔壁单位的一个姑娘，我们都叫她燕子，是个很可爱的女生。因为经常在一个食堂吃饭，所以一来二去就熟了。工作了大半年，才发现我俩也住同一个社区，于是就比普通的同事关系要好一点儿，话也聊得多一些。

燕子是北京某名牌大学毕业的，隔壁单位是个经营一般的小公司。按理说她这种名校毕业的都会去大型的国企或者外企，再不济也要去一个发展潜力很好的新兴公司，所以我对于燕子的"屈尊"一直表示很疑惑。

后来燕子和她单位的一个上级在一起了，我才明白过来。那个上级原来是燕子高中时候高两届的学长，那时候学长很帅，暗恋他的女生很多。燕子是个乖女孩儿，学习好，不早恋，但是心里偷偷把学长当男神。

学长高考的时候考了一个一般的大学，燕子作为全校前几名去了名校，和学长在一个城市。燕子在大学里的追求者都是学霸，但她觉得都没有学长帅，毕业后打听到了学长在的公司，于是不顾家人的劝阻和反对，

来到了这个小单位。

很长一段时间，学长都不知道公司来的这个名牌大学生居然是自己的仰慕者，直到跟燕子住在一起的女同事多嘴告诉了他才知道。

燕子长得挺漂亮的，而且暗恋了自己这么多年，还是单身的学长就顺理成章地和燕子走在了一起。

自己梦寐以求的男神终于成了自己的男朋友，燕子简直是捧在手里怕摔了，含在嘴里怕化了，天天给学长做盒饭，从不跟学长吵架。两人意见相同的时候听她的，意见不同的时候听学长的，学长有情绪了立马想办法逗他开心，永远以学长为荣。

一个月后，学长跟燕子分手了，原因是"她对我太好了，我压力好大"。

燕子难过得好几天没来上班，后来终于来公司了，结果收拾收拾行李去了别的单位。

当时我想，这人多贱呀，啥叫"她对我太好了，我压力好大"。难不成要天天耳刮子呼在你脸上才感觉到舒服？后来在内心里"YY"了一下自己有这样的一个女朋友——嗯，他是对的。

旧社会说夫妻恩爱，叫"相敬如宾""举案齐眉"，夫妻两人对待彼此就像对待客人，礼节规矩不敢逾越分毫。身处现代的我设身处地想想，便觉得有些毛骨悚然。想到每天早上起来我要和我的老婆相互行礼，做一件事要互相道谢，进门要互相谦让——

"您请。"

"不，您请……"

"还是您请吧。"

…… ……

是不是有点怪怪的？

我们总是对最亲近的人发脾气耍无赖，大概是因为我们知道，不管我们再怎么无理取闹，他们依然会爱着我们。在爱情里畏手畏脚，只会让对方也感到拘束和不自在。整天没事找事太矫情，也只会让对方觉得无奈甚至厌烦。只有恰到好处的胡闹，才会有恰到好处的爱情。

所以姑娘啊，恋爱的时候，"发脾气"要理直气壮一点儿。

一年一度十八岁

▶▶

十七岁正好，十八岁不显老，十九岁凑合，二十岁就是中年人了。

后来我突然明白，年龄多大并不重要，重要的是你活成什么年纪的样子。

上周和一个认识很久的杂志编辑一起吃饭，酒足饭饱后便开始东拉西扯，说到刚入行的时候，他感慨颇多。

他高中没上完就辍学了。因为特别喜欢文学，就去了当地一家杂志社去面试编辑。面试的时候面试官问他几岁，实际年龄只有十五岁的他自然支支吾吾，不敢说出来。

当时的那次面试没过，确实是因为年龄。现在已经是一家知名杂志总监的他，说起当年的事也是感慨万分。在过早的年龄走入社会，谈起自己的年龄时，总觉得是一件羞于启齿的事情。

我刚入行写剧本的时候是十八岁，那时候去见制片人，总是不敢说自己是十八岁。生怕对方会因为自己年龄小而看轻自己。所以那时候一旦对方问我几岁，我便答二十岁，若再追问我还在上学吗，我便答还没有毕业。现在想想，幸亏当时没人问我上大几了，若是多问一句，想必就要露馅儿了。

到了后来真的要过二十岁生日的时候，我已经在圈子里写过几部剧本了，合作过的人也不会把我当一个什么都不懂的小屁孩儿来看。那天在朋友圈发了过生日的照片，结果大部分人的反应都是这样——

你才二十岁？！

才二十岁？

而我内心的真实想法是：我都二十岁了！

以前总觉得二十岁是个很遥远的年纪，十七岁正好，十八岁不显老，十九岁凑合，二十岁就是中年人了。每次想到二十岁的自己，都觉得有种莫名的恐惧感，可是当真的到了那一天，反而觉得倒也没什么。

后来才明白，自己当初对二十岁的恐惧，大概是源于之前见过的一些正处在二十岁的人。有些女生，早早辍学嫁人，不到二十岁就当妈了，在菜市场为了几毛钱和人吵得面红耳赤。在她们身上，我似乎看到了中年妇女的影子，难怪我觉得到了二十岁就老了。也见过一些男生，整日无所事事，胡子拉碴，在家混吃混喝等死。见到他们的时候，永远是萎靡不振，蓬头垢面，也难怪我对二十岁有种莫名的恐惧。

但是后来我也见过一些二十岁三十岁的人，他们永远朝气蓬勃，换身校服站在学生堆里，也毫无违和感。不是因为他们长得嫩，而是因为他们身上，永远有一股年轻的力量。

去年元气少女陈意涵参加了芒果台一档真人秀节目。我注意到，她每天早上起来跑步，而且永远开朗，对一切都有热情，敢冒险。再加上笑容甜美，我一度以为她只有二十出头，而且这还是我加上"明星实际年龄一定比看起来的年龄大"的定理来揣测的。

后来偶然在网上看到陈意涵的资料，才惊觉这位"元气少女"已经

三十多岁了。想想我身边的三十多岁的人是什么模样，再看看陈意涵。我突然明白，年龄多大并不重要，重要的是你活成了什么年纪的样子。

十八岁的你可能天天打扑克，夜夜泡酒吧，整日顶着鸡窝，在别人奋斗的时候颓废着，在别人拿着自己挣的钱去追求梦想的时候，啃老等死。仿佛一眼就能望到自己老去的样子，人生再也没有别的可能。

同样的，三十岁的你依然可以元气满满。作为程序员的你可以抽空学着园林设计；拿着死工资的你可以一直筹划着自己的创业；朝九晚五的你可以准备一次完美的环球旅行……谁也不知道你将来会活成哪种样子。但是可以肯定的是，那一定是一种更好的样子。

你的人生，依然有无数种可能。

我是理工科出身，在写文的时候，偶然认识一个师姐，而且是同一个学院毕业的。有时候聊起现在的职业，师姐说自己是"转行扭到腰"。原本专业是通信工程的她，在上大学的时候经常写小说，后来慢慢在杂志上发表，但是那时候的她从未想过自己会从事文学创作这个行业。

毕业后师姐去了一家互联网公司当了程序员，每个月拿着固定的工资。她本可以就这样本本分分当一个理工女，但大概是因为内心的少女情怀，她始终没有丢下笔杆子。

大概过了有一年，她愈发觉得自己不适合这个行业，于是毅然辞职，拿着自己之前写的小说开始去影视公司应聘，后来在一家影视公司当了文学策划，一直做到现在。

还有一个编剧，我们都称她为烟姐。烟姐高中的时候学的是文科，后来在家里人的要求下学了美术，也顺利地考入了本省的传媒学院。

去报到的那天，烟姐发现学校的美术系根本就没几个人，几个老师也都是死气沉沉的，没有一点儿她想象中充满能量和激情的样子。于是烟姐没告诉家人，直接拎着行李箱去了导演系，办理了转专业手续。

毕业后，家里人给烟姐在当地安排了一个稳定的工作，对于一个女生来说，这样是最好的安排。结果烟姐不想就这样固定自己的人生，已经二十多岁的她不顾家人的反对，去了哈尔滨，应聘一家悬疑杂志社的文字编辑。

在那家杂志社做了大概有三年，烟姐成功地当上了副主编，但是天性爱折腾的她又起了辞职的念头——这下家里人又反对了，当初你去导演系，没拦住你，你要去当编辑，也没拦住你，现在好不容易混出个名堂来了，你又要辞职？

最终烟姐成功辞职，悄悄租了个小屋，闭关创作。半年后把稿费单放在了父母的面前，这下他们终于不再说些什么了。

烟姐现在和我合作写一部电视剧的剧本，已经怀孕的她（恭喜恭喜），依然对工作热情饱满。我不知道爱折腾的她下一步会去哪儿，但是在我心里，她永远是个十八岁的不安分的少女。

对于有些人来说，二十多岁的日子、三十多岁的日子和十几岁的日子没有什么区别。只不过换了个地方吃饭，换了个地方睡觉，身边的人也换了几个。

但是依旧青春，依旧热血。

再到后来，我发现，这些人在自己过生日的时候，不再说自己几岁，变成了"一年一度的十八岁生日"。我认真想了想，确实是个好办法，我也要永远十八岁下去。

慢一点儿，把日子过成诗

▶▷

反正一辈子就这两三万天，谁先过完谁先死，着什么急呀。

前几日和朋友在微信上闲聊，忍不住向他抱怨道，一年过去了，没升职没加薪，房子也没着落，也没有找到真正理想的工作，没有遇到自己喜欢也喜欢自己的人。忙忙碌碌一年下来，感觉和去年也没什么变化，感觉自己这一年真的活到狗身上去了。

朋友过了很久才回复我，问我上班多久了。

刚毕业一年，上班一年。

朋友长我几年，于是各种大道理人生感悟对我轮番轰炸，半个小时过去了，虽然我觉得他说的蛮对，但是我还是觉得自己挺失败的。

朋友终于放弃了对我的鸡汤攻势，最后留了一句：你打算在这一年里把你未来所有的事情都定下来吗？

毫不夸张地说，当时这句话一下子让我茅塞顿开。

是啊，我才刚毕业一年。那么多人奋斗了一辈子才买到房；有些人单身了许多年才找到对象；有的人换了十几个工作才找到适合自己的工作；有的人花了几十年才让自己过上想要的生活。而我才刚开始一年，就要把所有的事情都定下来吗？

朋友接着说，日子要慢慢过才有意思，该来的总会来，不用急着往前赶，最重要的是活在当下，那才叫生活。

上高中的时候，最喜欢看的书就是各个大学的简介和比较，想着自己将来会在哪个城市的哪个学校度过自己的四年。每每翻出书来的时候，总是心潮澎湃，仿佛明天早上，我就会坐在大学校园的树下和女神谈情说爱，往往一憧憬就是一节课。那时候恨不得自己立马就到高考前夕，结果到了大学，却发现自己最怀念的还是忙忙碌碌的高中三年。

上大学的时候，很喜欢看中国教育电视台的《职来职往》，看各路达人在舞台上各显神通，然后某个公司的大 boss 对他万分赏识，高薪聘请了他。那时候幻想最多的就是，我如果站在台上，绝对会让哪几个老板争抢我，然后升职加薪迎娶白富美走上人生巅峰。心潮澎湃时就会立即上网上百度《职来职往》的报名方式，然后每次都被报名条件给挡住——原来我才大一。

我一直都是这样走过来的，如今到了职场也是。也怪不得我上大学的时候觉得荒芜了高中，参加工作的时候觉得浪费了大学。

人生每个阶段都有它该有的样子，该睡的时候睡，该吃的时候吃。赶得太快不一定是什么好事，少年老成也绝对不是一个褒义词。

小时候懂得耍帅的时候，我妈总是跟我说，还没到愣查（嘚瑟）的时候，把你作业做完再说。后来参加工作又觉得上班太累，要是跟我爷爷一样每天种种花浇浇菜打打牌就好了。我妈又跟我说，还没到享福的时候，等你也变成老头儿了再说吧。

　　我上高二的时候，学校为了提高升学率，也担心初中的好生源都被省里的重点高中给抢走，于是在第一次模拟考之后，把全县的前一百名全部叫到了学校来，承诺不管他们中考考得怎么样，学校都会录取并且发放奖学金，而他们现在要做的，就是放弃初中的复习，提前到高中所谓的"预备班级"，进行高中课程的学习。

　　我依然记得当时学弟学妹们脸上洋溢的骄傲和自豪的笑。别人都还在每天早上五点起晚上十一点睡，每天刷好几套题，还不知道能不能考上高中，而他们已经提前进了市里最好的高中，确实很值得骄傲。

　　但那年是学校几年来高考考得最差的一年，原因不明。

　　记得在豆瓣上看过一篇文章，叫《把日子过成诗》，里面讲的什么我已经忘了。但是现在想想，跟朋友说的也大概是一个道理。诗都是慢慢读的，日子自然也要慢慢过，诗读得太快那叫 rap，日子过得太快那叫赶死。

　　去年五一到杭州玩的时候，住在一家民宿，老板娘大概四十多岁，离异，儿子刚上大学。所谓民宿，其实是一家奶茶店，只有两个房间用来当客房，同时还在卖一些手工艺品，门前种了很大的一株藤本蔷薇。我去的时候正好开花，满墙粉红色的蔷薇，老板娘就坐在门前的摇椅上打瞌睡，风一吹，就落下满地的花瓣。

　　我在那里住了三天，最后一天的时候才跟老板娘混熟，在闲聊的时候老板娘告诉我，她和老公离婚有十年了，这棵蔷薇也种了有十年了。刚离婚的时候她儿子才八九岁，母子俩在这个城市举目无亲，本来要回老家的，后来想了想，已经出来了，于是干脆一咬牙，就在这个城市里待了下来。

　　刚开始的时候很苦，住地下室，一天打两份工。现在终于算熬出头，

儿子考上了大学，自己的生意也安定了下来。他们搬过很多次家，但那棵蔷薇，她始终没有遗弃。

"人的日子，就跟这蔷薇一样，日子得一天一天过，蔷薇要一寸一寸长。那段日子虽然挺苦的，但是看一看这蔷薇，我就有盼头了，总会等到开花的一天……"

老板娘说着笑着，说后来想想，跟儿子一起吃苦住地下室的日子，这辈子也就那么多了。

老板娘的儿子趁着五一假期在外面做兼职，我走的时候他正好回来，很高很帅的一个小伙子，回来后就帮着他妈妈打理内外，看得我也很是羡慕。

苦日子好日子，过去了就没了，慌慌张张地往前走。往往是回想起来，才猛然发现，自己这辈子居然没有什么值得回忆的东西。

一辈子都是苦日子，是很悲惨，一辈子顺风顺水，过得也没意思。

每段时光都有它该有的模样，不用急，慢慢走，再不情愿，这段日子也会一去不复返的。

慢一点儿才能把日子过成诗，反正一辈子就这两三万天，谁先过完谁先死，着什么急呀，你说是吧？

十年前的坏运气都不值一提

▶▶

　　我依然清晰地记得，她那天一边吃着盒饭一边看稿子，忙里偷闲挤出了一句：人这辈子不管是好运气还是坏运气都是有限的，我坚信把坏运气熬过去了，好运气就会到来。

　　所有事情到最后都会好起来，如果不够好，说明还没到最后。

　　或许很多人和我一样，曾经有过这样的一种感觉：每隔一段时间，总有那么几天，所有的坏事都会集中在一起发生。失恋的时候正好遇见期末考试挂科？先别难过，接下来你还会发现爸妈断了你的零花钱；挤地铁的时候被豆浆洒了一身，然后上班迟到被上司骂，这个月的全勤奖泡汤——对了，昨天交上去的方案没通过，还要接着改。

　　我对待这种情况的办法就是，假装自己已经身处十年后。

　　听起来有点怪怪的对吧？

　　上初中的时候，每周英语老师都会布置一张卷子让我们回去做。我至今清晰地记得，有一次交作业的时候，老师数了数作业，不够，然后在班里问谁没交作业。

　　我十分清楚地记得自己交了，于是用一种看笑话的心态看身边的人。

很快有两三个人举起了手，老师查了查人数，还差一个。

班里沉默了很久，没有人举手。

老师又强调了一遍，如果再没人举手，她等会儿下课后就要拿着名单一个一个找了，找到的话，后果会很严重。

依然没有人举手。我甚至在心里暗想，这个没交作业的家伙惨了。

过了很久，老师见依旧没人承认，于是把作业放到了一边，开始讲课。下课后，英语老师拿着作业去了办公室，数学老师开始上课。

翻开数学课本的时候，我意外地发现我本来应该交的英语作业夹在数学课本中——我想起来了，周末写作业的时候顺手把英语作业放在数学课本里了。

你猜接下来发生了什么？对，就是这么巧——

数学老师看到我手里拿着英语作业，于是到我面前敲了敲我的头，我迅速把英语作业收起来。下课的时候，英语老师来到班里把我叫到了办公室。

英语老师：为什么不交作业？问了你怎么不举手？

我还没来得及回答，在旁边改作业的数学老师就来了一句：怪不得你上数学课的时候在补英语作业。

我的天哪（小岳岳脸），这次我是跳进黄河也洗不清了。

紧接着英语老师就对我进行了长达半个小时的苦口婆心的教育，对于从小没跟老师顶过嘴的乖学生来说，被老师误会，让老师失望，简直就是天都塌下来了。那几天，我不敢看英语老师，上英语课就紧张，简直给我无忧无虑的童年生活蒙上了一层厚重的阴影。

现在的你看起来，可能会觉得那时候的我怎么这么搞笑，这一点儿小事就"堕落"这么久，但是对于当时的我来说，真的是一件十分不得了的事情。

十年之后的我，想起当年那些对我来说简直是噩梦的事，感到完全不值一提；十年之后的你，看现在的一切不顺，会不会也感到不值一提？

十年后你已经大学毕业了，再看现在月考的一次失利，很可怕吗？

十年后你已经结婚好几年，有了个贤惠的媳妇儿或者是帅气的老公，再看现在的这次失恋，很难忍住痛苦吗？

十年后的你已经熬到了公司的中层，或者开了自己的小公司，再看今天被上司骂的事，很难堪吗？

十年后看现在的所有不顺利和坏运气，真的值得自己懊恼许久、心情沉重吗？

去年我在一家影视公司当过一段时间兼职的文学策划。刚去的时候，文学部有一个叫连杰的姑娘，她刚毕业没多久，比我早来公司几个月。我在公司的那段时间，主要负责自己项目的运行，所以很少和其他人打交道。连杰是唯一一个和我比较熟的人。她所在的部门的工作主要是筛选来稿，然后做出选题，提交给老板。立项之后，她还要和编剧随时沟通，跟进剧本的进度，事情十分复杂。

因为刚来，业务不是很熟练，人脉也不够广。最初的几次例会，她报上去的选题无一例外被毙掉了。老板甚至在例会上当着全体员工的面批评了她。大概过了一两个月，她的选题终于通过了一个，顺利立项，但是她负责的那个编剧很难搞，改剧本一拖再拖，催款十分及时，慢一点儿就会闹得不可开交。而公司这边又因为体制的原因，付款流程慢，剧本催得紧，连杰夹在中间，左右为难。

我刚认识她的时候，她还是个圆脸的小姑娘，后来我离开公司的时候，她已经因为过大的工作强度和工作压力变得消瘦。我劝她要是实在做不了，就换个工作好了，影视这一行真的很难混。

　　她跟我说，她上高中的时候，脑子笨，学习不好，老师不喜欢她，同学也没有几个跟她玩得来的。那些日子对她来说很难熬，但是她熬过来了，现在回头看看，也不是什么大不了的事情。

　　现在她刚入行，起步很难，也很累，但是想想十年后的自己，那时候再看如今自己的处境，好像也不是什么大不了的事情。

　　我依然清晰地记得，她那天一边吃着盒饭一边看稿子，忙里偷闲挤出了一句：人这辈子不管是好运气还是坏运气都是有限的，我坚信把坏运气熬过去了，好运气就会到来。

　　上个月的时候我去看她，她已经跳槽去了另一个更大的影视公司，原来那个有些灰头土脸的刚毕业的小姑娘，如今已经变得干练大气。曾经两个月没过一个选题的她，如今手里有两个大型的电视剧项目，还有一帮当红的新生编剧。

　　吃饭的时候，她又跟我说了那句话——人这辈子不管是好运气还是坏运气都是有限的，所有的事情到最后都会好起来，如果没有，说明还没到最后。

　　有句老话说，一命二运三风水，四积阴德五读书。现在想想，运气这件事好像真的还蛮准的。坏运气一定会用光，好运气一定在前面等待。

我为什么不想留在北上广

▶▶

人生也不过七十，除了十年懵懂，十年老弱，只剩下五十……那五十中，又分了日夜，只剩下二十五……遇上刮风下雨，生病，危难，东奔西跑，还剩下多少好日子？

"人嘛，开心最重要啦。"

"你不开心呀？我煮碗面给你吃。"

这两句话是我印象中港剧出现频率最高的台词。当时看的时候，心里就在想，这些编剧们真是不食人间烟火，仿佛在他们心里，没有什么事是一碗面不能解决的，如果有，那就两碗面。

后来见过越来越多的人，也做过越来越多的事。某一日才恍然明白编剧的智慧。心里装的东西多了，吃一碗面自然高兴不起来，把心里的功名利禄都放下了，一碗面就能拯救你的坏心情。

记得刚来北京的时候，和在北京打拼的表哥有过一段很激烈的辩论。

表哥的妈妈是我的二姨，家是小县城的，无权无势，也不富裕。表哥上高中的时候成绩不是很好，高三复读了一年，才上了本省的一个二本。不过表哥很争气，研究生的时候考到了上海的一所重点大学，虽然不是顶尖高校，但是也已经很不容易了。毕业后在上海工作了半年，就一个人去了北京。

到了北京之后，表哥参加了当年的公务员考试，顺利地考进了一家事业单位。他在的那个部门里，全部都是清华北大交大这些顶尖高校的硕士，只有他一个人是二本毕业的，研究生在的学校也不是很出名。由此可见，表哥确实很优秀，而且很拼的。

他刚到北京那年，我正好去北京参加一所高校的自主招生考试，于是就住在他这里。是一个地下室，而且是和两个人合租的。客厅和厕所公用，每人一个房间，做饭什么的，都在自己的小房间里解决。

表哥跟我介绍，对门的是清华毕业的，隔壁的是上交毕业的，都是小地方出来的。对于听惯了家中长辈对表哥高端生活描述的我来说，看到这个又小又潮湿的地下室的时候，内心无疑是崩溃的。

当时表哥就在那间地下室的小床上坐着，对我滔滔不绝地讲述了他的人生规划。

后来我考到了北京的大学，表哥也顺利在北京付了首付，买了五环附近的一套房子，七八十平方米，大概两百万左右，也给我找了个嫂子，是表哥的老乡，现在在清华大学读博士。来给我接风洗尘的表哥意气风发，说以后我在北京打拼了，跟他也是个伴。

我告诉他，我毕业之后不准备留在北京。

表哥对我的决定表示很不能理解。在他的认知中，我们辛辛苦苦上学找工作，不就是为了到大城市来，享受更好的生活吗？

于是表哥开始苦口婆心地劝我，列出了一条条留在北京的好处。

首先，北京工资水平高，发展机会多。

我想了想，北京工资高，但是物价也高。拿到一万的月薪，三千房租，水电交通电话费一千，吃饭两千，偶尔再出去玩一下，买个衣服，隔个一年半载的换个电子产品，没了。而且我将来准备做编剧，钱攒的差不多了，回家开个茶餐厅或者奶茶店什么的。这条对我没有吸引力。

表哥急了，说："你傻呀？你做编剧不需要资源吗？北京影视公司这么多，你在这里不是会有更多的机会吗？"

我又分析了一下，做编剧又不需要天天待在北京，我只需要每个月来一次北京，把该办的手续该签的合同给办了。而且家离北京也不远，坐飞机的话一个半小时就到，跟坐个地铁似的。

表哥接着说："北京医疗条件好，这点你没得说了吧？"

我说："如果我现在得了一种病，这种病必须要到北京才能治好，那我就认了，专程来一次北京。但是问题是这种病一辈子得几次？别的不说，就北京这雾霾，我在这里住半辈子，那我得少活多少年啊？"

表哥搬出了撒手锏："不为你考虑，总得为你的孩子考虑吧？你如果在北京稳定下来了，到时候你孩子可就是北京户口，考大学多容易呀！"

我倒吸了一口凉气，我孩子要北京户口做什么？考上北京的大学，岂不是要在北京生活？我就让他是老家的户口，想留在家里也行，想来北京也行。要是想到北京上大学，那你得足够优秀，不够优秀的话，哪怕因为户口的原因上了北京的大学，在这座城市里照样是个垫底的命。

表哥又说了："那你现在来北京做什么？"

我认真地告诉他——出来见识见识世面，可以不留在这里，但是也不能一辈子都不知道外面的世界是什么样。现在见识完了，上完大学，最多再待两年，我就回去。

表哥张口结舌，不知道说什么好，于是我乘胜追击。

"你看你，两百万在北京买这么大的蜗牛壳，还离上班的地方这么远，要这钱，在家里能买座小别墅再加辆车，住得舒服，上班也方便。你再看看你，朝九晚六，早上七点起床，半小时吃饭洗漱，一个半小时的时间浪费在去上班的路上，晚上六点下班，再稍微加班一下到七八点，回到家中已经九点多，洗漱一下就十点了，躺在床上玩会儿手机，该睡觉了。到了周六，要补一天觉，一周到头也就周末能出去玩一会儿，但是又去哪儿都是人。这样的日子，舒服在哪儿了？

"我在家里，开个小店，自己做自己喜欢做的事情，有一小块土地，能种花种菜种春风，离爸妈也近，还能经常回去看看他们，多好呀！况且现在的三线四线城市真的很差吗，该有的生活娱乐设施不都应有尽有？为啥非要挤在一线城市，为了那所谓的高端苟且地活着？"

表哥不说话了。

电影《诱僧》里有一句台词——"人生也不过七十，除了十年懵懂，十年老弱，只剩下五十……那五十中，又分了日夜，只剩下二十五……遇上刮风下雨，生病，危难，东奔西跑，还剩下多少好日子？"是呀，一辈子这么短，你在为了谁活着？

当然不排除有的人，有做出一番大事业的决心和勇气，这种人留在一线城市无可厚非，毕竟人各有志，有了他们才会有社会的进步。但是对我来说，真的没必要为了追求所谓的"摩登生活"，降低自己的生活质量。

还是那句话——人嘛，最重要的就是开心。

你没义务为别人的懒惰埋单

▷

生活中这样的人很多，他们往往自己懒惰，但是自己懒惰却总是给别人带来不便。时间久了，那些被拖累的人就会为他的懒惰埋单，一次两次，这些人会习惯了别人为他做一些事情，自己也变得越来越懒惰。因为他们明白，迟早会有人帮我做的。

不久前，一个在编剧工作室的朋友气呼呼地跟我说，他受够了，以后再也不要做编剧工作室了。

朋友大概是两年前开始做编剧，后来做得还不错，就带着几个之前在出版圈混时认识的朋友一起注册了个编剧工作室，抱团来做。朋友因为入行比他们稍微早一些，于是当仁不让地当了老大哥，带着哥几个到处接活儿，卖本子。

因为人脉比较广，工作室里的几个编剧也确实挺优秀的，所以一时间工作室也是蒸蒸日上，这让好多想从作家转编剧的人羡慕不已。

我问他，怎么做得好好的，突然就不做了呢？

朋友苦笑着跟我说，最开始的时候还挺好，工作室接一些网络电影、网剧，钱虽然不多，但是周期比较短，出作品也快，大伙儿也都有干劲儿。后来在新媒体领域有点小名气之后，就逐渐有传统的影视公司找上门来，要和他们合作电视剧、院线电影。

我说，这不挺好的吗，越来越棒。

据我所知，当时网络电影刚起步，投资都不大，一般网络电影剧本的费用就是几万块钱，网络剧除非是大制作，否则也就是十万上下。但是电视剧不一样，起步价就是几十万。

朋友说，是呀，他也认为是好事，但是没想到事情没有照着他预想的方向走下去。最开始做的时候，因为都是朋友，并且文学创作这个东西，如果是合作的，也没办法区分谁做的多谁做的少，所以一般都是平均主义，拿到的稿费大家一起分。

接了电视剧后，问题来了。因为工程量比较大，朋友就把其他的小活儿都给推了，专心做电视剧。

结果，电视剧项目大，启动起来也慢，稿费周期特别长，而且要反复改稿子。朋友倒是觉得没什么，毕竟拿什么钱干什么活儿，也是应该的，就按照之前的方法把任务细分后，分配下去。

没想到的是，里面有个编剧，每次任务分配下去，交上来的稿子，所有人都能看出来明显是应付。如果直接把她交上来的东西发给制片方看，制片方很有可能会因为质疑他们的能力而毁约，项目泡汤。但是制片方又催得比较紧，打回去让她重新改的话，时间又来不及，所以朋友就只能带着其他几个编剧把本子给改了。

第一次发生这种情况的时候，朋友想或许是这个编剧有什么私事，这几天时间不凑巧，于是也没说些什么。结果后面连着两次都是这样，其他多做了的编剧不乐意了，有的没的跟他抱怨，朋友没办法，只得找那个编剧谈话。

她倒是很诚恳，说自己这段时间确实有点忙，工作懈怠了些，以后会注意的。

朋友见她这么说了，自然没什么话可说，也就罢了。

谁知道，接下来的几次她又是这样，朋友觉得不能这样下去了，于是用特别严厉的态度去找她谈话，这次，这位编剧终于说实话了。

"工作室一两个月没进账了，我肯定得这样做，我要是全身心放在这上面，认真做，我不得饿死呀。"

朋友特别纳闷儿，电视剧本来周期就长，而且进账慢是因为剧本进度太慢，她难道不应该认真做，早点把剧本完工早点拿到钱吗？

我替他分析了问题，整个事情的问题不在于那位编剧的想法有问题，而在于工作室的运营模式和分配模式有问题。因为她知道，不管自己写成什么样，到最后朋友都会因为赶进度，让别人替她完成，而她得到的，依然是那些。

既然做与不做都一样，我为什么还要辛苦呢？

后来朋友听从了我的建议，把工作室的分配模式改成了多劳多得，少劳少得。没多久，那位消极怠工的编剧就因为连续几个月颗粒无收，自己离开了工作室。但是工作室并没有因为人数的减少而变差，反而因为激励模式的改变，各个编剧都铆足了劲儿干，优秀的作品一部接着一部向外产出。

生活中这样的人很多，他们往往自己懒惰，但是自己懒惰却总是给别人带来不便。时间久了，那些被拖累的人就会为他的懒惰埋单，一次两次，这些人会习惯了别人为他做一些事情，自己也变得越来越懒惰，因为他们明白，迟早会有人帮我做的。

我上学的时候住宿舍，原本寝室的卫生，是大家轮着打扫的，但是有一个舍友，每次轮到他打扫卫生，他都装作忘记，或者直接无视。因为他知道，自己不做，会有爱干净的人受不了帮他打扫的。都是同学，大家也没办法说他，只能每次帮他打扫。

过了半个学期，隔壁正好空出了一个三人间的宿舍，于是其他三个人申请搬到了另外一个宿舍，他一个人留在了原来的宿舍。后来每次有人去他的宿舍，都会发现宿舍里垃圾成堆，臭味刺鼻。终于有一天寝管阿姨受不了了，冲进他的宿舍，命令他立马打扫寝室，并且扣光了他个人综合测评的寝室分数，当年的奖学金也因此泡汤。

对付这种人的最好的办法就是——远离他，让他的懒惰妨碍不到你，让他一个人承受不负责任的后果。

合租的室友不打水，每次只等你打水他用，你就和他用水分开——你一个暖瓶我一个暖瓶，你打水你自己用，你不打水没水用；项目里的合作伙伴消极怠工，只等着别人替她完成她的任务，你就把工作和收入挂钩，多劳多得，少劳少得，下一个项目再也不和这种人合作……

生活中遇人不便，给人方便，自然没有错，但是如果把你的帮助当作理所当然，你也可以理直气壮地无视他的不便——你没必要为别人的懒惰埋单。

你见过七点钟的太阳吗

▷

日复一日，你连早起都做不到，还敢说自己有自制力，能实现自己的梦想？你连自己的嘴都管不住，还敢说自己能减肥成功？

醒醒吧，你最大的错误就是把前人晚上娱乐的习惯继承了下来，却忘了前人白天是要奋斗的。

周末。

室友睁着惺忪的睡眼从乱糟糟的床上抬起头来的时候，我已经早就洗漱完毕，坐在阳台上晒着太阳，喝着热水看了好久的书。

舍友对我的早起依旧有些不可置信，他甚至觉得我是昨晚没有睡，一直熬夜到现在。

以前总是到十一二点的时候，满脸油腻地爬起来，胡乱把脸一洗。再胡乱塞两口饭，睡个午觉，下午三四点了。

通常这个时候已经晒不到太阳了，于是就把屋子里的灯打开，坐在计算机前，追追剧，聊聊天，或者是拿着手机半伏在桌上，刷刷微博等天黑。

天黑之后，终于结束了白天浑浑噩噩的状态，在灯下找个完美的角度来张自拍，修一修发朋友圈、微博，然后打开 ipad 开始看综艺节目，等到睡觉前再看着朋友圈那么多的评论和赞，心满意足地睡去。

于是日复一日，永远活在没有朝阳的房子里。

睡懒觉的习惯，大概是在刚上大学的时候养成的。

小孩子总是有用不完的精力，每天早上都早早从床上爬起来，开启活力四射的一天。上中学以后，知道睡懒觉了，但是时间却不允许了。

我上高中的时候，早上五点五十开始上早自习，但是我们班的班主任总是比别的班严厉些，要求我们五点半就要到班里边。那时候的我都是五点十分就要起床。上早自习的时候总是昏昏欲睡，但又不敢睡，只有在班主任出去的间隙，嘱咐好同桌帮我注意着班主任的动向，见缝插针补会儿觉。

从我家到学校的路上，有家包子铺，一般也是早上五点多就开始忙活了。后来我早自习去上学的时候，总是会在那里买两块钱包子带到学校。困的时候，就把包子拿出来啃一个，往往是第一口刚下去，班里边全是浓郁的包子香味。这种方法后来在同学们的严正抗议下被强迫中止了。

印象中我的高中时光就是在困和睡之间度过的。熬到了大学的时候，我长舒了一口气，终于可以把高中三年落下的觉给补上了。除非早上有课，否则我一定会睡到十点以后。最开始的时候还觉得爽极了，后来时间久了，才感觉到不舒服。

早上起得越晚，就越困，一整个白天都无精打采的，但是到了晚上就精神抖擞，不到凌晨坚决不睡觉，如此下来，恶性循环。我也意识到问题，但是每次信誓旦旦下决心要改，总是在第二天早上的时候宣告计划失败。

睡懒觉的习惯是在大二上学期期末考试的时候被强制纠正过来的，大一的期末考试，学校都会给一个复习周，不安排课程，用作备战期末考。大二因为课程安排的原因，复习周被取消了，对我们这种"一天一门课，一周一学期"的人来说，复习周的取消无疑是灭顶之灾。不甘心就这样挂科的我，终于和时间展开了赛跑。

每天早上七点起床，第一天，困；第二天，好困；第三天，不是那么困了；第四天，习惯了……

我发现原来早起并没有想象中那么难，午饭后的困意，也随着早起消失了——反而到了晚上十一点多，自己就困了。

从那以后，我就告别了凌晨睡中午起，满脸油腻、无精打采的日子。

有人说过，你没有成功，是因为你没有见过四点钟的太阳。这句话有些道理，但我早起绝不是为了成功，而是让自己有一个更年轻的生活。那种昏昏欲睡、暗无天日的日子只能让我越来越像一个瘾君子，离我想要的生活越来越远。

身边的很多朋友都有大把大把的雄心壮志。A 毕业后要开一家互联网公司；B 要在三年内做到公司的项目主管；C 要在毕业前把男神追到手……但他们都为此做了什么呢？制订了满满的计划，然后让这些计划在书桌上蒙尘，被遗忘。

起床的时候已经中午，下午有点困，困的时候怎么学习工作？算了，睡一觉吧。

醒来的时候天色已暮，晚上是娱乐的时间，怎么能工作学习呢？算了，明天再说吧。

日复一日，你连早起都做不到，还敢说自己有自制力，能实现自己的梦想？你连自己的嘴都管不住，还敢说自己能减肥成功？

醒醒吧，你最大的错误就是把前人晚上娱乐的习惯继承了下来，却忘了前人白天是要奋斗的。

我认识阿邦的时候，他在学校附近的一家书店当售货员。因为里面卖的大多是小说，而且学生都比较穷，书店最火爆的业务是租书。押金是图书的定价，租金一天五毛，看得快的人，一本小说两天就能看完，所以说起来还是很划算的。

我因为去的次数多了，就和阿邦熟络起来。后来得知，阿邦家里有个弟弟，但是家庭条件不是很好，他的成绩也算不上拔尖，于是上完高中就辍学了，出来工作，供弟弟上学。

书店一般早上八点多开门，阿邦吃住都在店里，所以也不必起得太早。有一次我因为要参加一个活动，起了大早，途经书店后门的时候，发现阿邦在阳台上抱着一本书在读，远远望去，大概能认出来是一本关于PS技术的书。

后来偶然说起这件事的时候，阿邦羞赧地跟我说，他喜欢摄影，但是白天又没有时间钻研，所以每天都会六点多起床，看一些摄影、后期方面的工具书。

我好奇地问他："早上起这么早，会不会很困？"阿邦回答道："刚起床的时候是有点困，但是拿到书的时候，立马就精神抖擞了。"

后来我去了外地上大学，几年后回来，发现当年的书店已经不见了，而阿邦在原来的地方开了一家摄影工作室，门口还种了好大的一棵白玉兰。看到我在学校附近晃悠，阿邦一眼就认出了我，热情地招呼我去店里坐坐。

阿邦说，我们毕业后没多久，书店的生意越来越难做，学生们都开始看电子书了，很少有人租书看。老板挣扎着卖了一段时间教辅，最后还是关门大吉。阿邦就去了一家影楼当摄影助理，平常搬搬机器，打打光，做个下手。

做了两年，攒了点钱，阿邦就买了个单反，开始给学生们拍写真照、闺密照，走的都是小清新的风格，结果生意还不错，他就干脆把原来书店的房子给租下来，开了自己的摄影工作室，一段时间下来，倒也小有名气。

跟阿邦聊的时候，最感慨的就是他后来的种种，都是在早上挤出来的那一个小时里得来的。如果没有那些伴着晨曦早读的日子，他现在也不知道自己会在哪个城市的角落里，继续将就地活着。

不想将就地活着，就得不将就地努力。你想如太阳般闪耀，就得起得和太阳一样早。如果没有控制自己的能力，就不要怪这个世界对你不友善。

不为别的，就为了一个精神抖擞、充满阳光的今天，你不应该早起吗？有句话说得确实挺好——生前何必久睡，死后自会长眠。

你觉得呢？

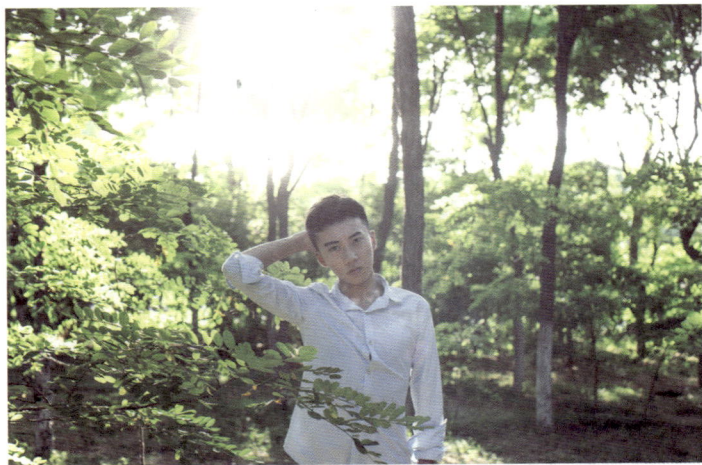

一只看花的羊

▶

她说她就像那只看花的羊，她的大学、她的工作就是那片草地。她可以选择不吃草，但是没有那片草地的话，也就不会有那朵花。

一辈子这么长，总要分几个年头给不务正业，一辈子这么短，总要有几个不务正业的年头。

民国课本里有篇课文的片段这么写："三只牛吃草，一只羊也吃草，一只羊不吃草，它看着花。"

一只羊不吃草，它看着花，它有些不务正业，但是它比别的羊有趣些。我见过许多有趣的人，他们和一般人相比，都有些不务正业。

我上大学的时候认识的一个播音系的帅哥，很潮，我一直叫他陈哥。陈哥和其他播音系的同学有些不一样，其他人不上课的时候，一般都会到各种发布会、宴会上，光鲜亮丽，万众瞩目。陈哥虽然也经常在这些场所出没，但是陈哥每个周末，总是会抽出时间，偷偷地去北京的老胡同里、戏园子里去听戏。

为什么说是偷偷地去呢，因为陈哥的室友总是把这件事当作新闻。一个身高一米八，剑眉星目，衣着潮流的大帅哥，一到周末就跟一群老头儿老太太挤在一起听《铡美案》，确实是有些怪怪的。不过后来时间久了，大家也就习惯了。

我知道陈哥的职业规划是毕业后当一名新闻主播，所以有一天我就问他，为什么老是去听戏呀？跟自己的专业又没啥关系，对自己的前途也没什么明显的帮助。

陈哥笑着跟我说，是跟自己的专业没啥关系，但是没办法，就好这口儿。上大学本来就是个培养兴趣的过程，总不能做什么事都带着功利性，有时候就得不务正业一点儿。

当时我也不是很理解，但也一直觉得陈哥和其他的人不太一样，后来很久我才想明白，那大概是陈哥身上多了一种东西——气质。

好像从小到大，我们做所有的事情都是有目的的。上小学的时候要参加各种竞赛，去各种兴趣班，为了能比别人更优秀；上高中的时候去各种辅导班，做许许多多的卷子，为了高考能压人一头；上大学了参加各种社团，可是依然有很大一部分是因为参加社团可以让自己的履历更漂亮；参加了工作，挤破头往上钻，是为了能挣更多的钱买房买车……

而那些我们觉得有趣的事情，往往都是无用的。小学的时候喜欢去小树林探险，爸妈告诉你，别去，多练练你的钢琴；上高中的时候喜欢写小说，老师告诉你，别写，写得再多也帮不了你考大学……

于是我们就慢慢习惯了，做什么事情都有一个目的。虽然有动力有收获，但总是觉得，好像一切都在按部就班，一眼就望得到十年后。

小潘是我合作过的一个文学策划，在一家很出名的影视集团就职，毕业于北京某名校中文系，很文静的一个女生。但若不是跟她深交，我永远也不会知道小潘自己组了一个摇滚乐队，每年都会和自己的队员一起请好年假，骑着摩托车穿越好几个省份，只为参加一个不出名的小众音乐节。

小潘做了两年文学策划后就辞职了，自己开了一家音乐制作公司，利用自己那几年在影视圈积累下来的人脉，给很多电视剧电影做过主题曲的制作。但是这一行毕竟不是一个很容易出头的行业，小潘虽然很优秀，但是依然过得很清贫。

我去过她的音乐工作室，在通州区的一个新开发的文化产业园区，几十平米的小屋子，吃住都在里面。我很纳闷儿，按照她之前所在的公司，她完全可以更轻松，过得更舒服。最重要的是，她大学的专业是中文，现在搞音乐，那上大学还有什么意义？

小潘倒是很看得开，没有谁规定大学学的中文就必须做中文相关的工作，也没有谁规定没学过音乐的人就不能做和音乐相关的事情。她说她就像那只看花的羊。她的大学、她的工作就是那片草地，她可以选择不吃草，但是没有那片草地的话，也就不会有那朵花。

想起小时候爷爷跟我讲，他年轻的时候，到了晚上，就会和哥几个一起出去捉兔子。若是在田地里看到小动物，用手电筒一照，如果眼睛发绿，那就是小黄鼠狼；如果眼睛发白，就是小兔子；如果眼睛发红，那就是上了年纪的老兔子或者是老黄鼠狼。但是老兔子和老黄鼠狼的红光又不一样，老兔子眼睛的红光是直的，而老黄鼠狼眼睛的红光是忽闪忽闪的。

每每听到长辈们讲到他们那个年代，总觉得比现在有趣多了。父亲年轻的时候，做过许多我曾经认为是浪费生命的事情，在夏夜闯过"鬼屋"，在高中的时候花费一个月的课外时间做了一艘木船，在要接爷爷

班工作的时候，放弃了机会，反而自己出去闯荡。

但是每次听到他讲自己的当年，又总觉得他的人生比我的要精彩得多。他看过荒野凌晨的满天星光，他拿着一张车票走过许多我没到过的城市。他用自己的双手把脑海中的那个世界一点儿一点儿变成现实。而我只有网络上那个虚拟的世界和一个个目的性明确的任务。

有很长的一段时间我都觉得，父亲那一辈的人生才叫人生。我的生活，至少到目前为止，只是在执行一个又一个的任务。后来想了想，大概是因为父亲活得很有趣，谁也没有规定必须子承父业，谁也没有规定上高中的时候不能造木船。

从那以后，我总是会花时间做一些没有什么作用的事情。花上半天的时间写下一篇长长的日志然后存起来，周末叫上朋友走了很远很远的路，只为拍两张照片，闲暇的时候到市里的图书馆，专门儿找最久远的书，看里面有没有几十年前别人留下来的手记……

我会把原本满满的时间拿出来一部分，分给这些没有什么作用的事情。有些不务正业，但也有点有趣。

一辈子这么长，总要分几个年头给不务正业，一辈子这么短，总要有几个不务正业的年头。别的羊都在吃草，你别忘了，偶尔抬起头来，看看花。

我不喝酒，再劝翻脸

▶

生活中好像永远不缺乏这样的人，他们总是把陋习当文化，把自己的无理取闹当热情，把别人的反感当作客套。他们总是把自己的意愿强加在别人的身上，他们的心里太贫瘠了，以至于总是在人群中嚷嚷着寻找存在感。

过年回家的时候，跟着父亲一起去长辈家吃饭。那日正好是长辈的生日，亲戚朋友来了很多，父亲和其他几个远房的亲戚坐在一桌。

父亲因为肝不太好，医生嘱咐过多次，必须滴酒不沾，但是饭场免不了推杯换盏，我担心父亲意志力不够，于是坐在他旁边监督。菜刚端上来，一个远房亲戚就拿着酒杯到了父亲跟前，说要敬他一杯。

我立马站了起来，特别有礼貌地跟他说："不好意思，我爸身体不太好，医生说过了，不让沾酒，用茶代替吧。"

结果他不依不饶，满嘴"医生吓唬你呢""少喝一点儿没事儿的""不喝就是看不起我""别骗我了，我才不信你肝不好"。这样推让了有好几分钟，我有些火了，就语气坚决地跟他说："不喝，一点儿都不喝。"

他见我态度坚决，于是换了种方式："你爸不喝，你替他喝吧。"

我告诉他我不会喝酒，他愈发咄咄逼人，我见躲不过去，就喝了下去。不喝还好，一喝他就开始敬开了，一会儿来一杯，过一会儿再来一杯，好在我继承了我爸的海量，一直没晕。但是很快我就注意到，他从头到尾一点儿都没喝。

于是我问他，你为什么不喝？他理直气壮地告诉我，等会儿他要开车，而且他是 A 证，酒驾被发现了很严重的。我冷笑一声，拿着酒杯到了他跟前。

"交警吓唬你呢，酒驾没事的。"

"哪那么倒霉啊，一喝酒就碰见交警。"

"不喝？是不是看不起我？"

"我不会喝酒的人都喝了，你不喝好意思吗？"

我句句逼人，一点儿也不给他留面子，桌上的其他人也开始起哄，他最后尴尬地喝了下去。喝了之后，其他人也开始敬他酒了，他推辞着不喝，这时候敬酒的人就会说："刚才那杯喝了，我这杯不喝，什么意思？"

话已经说到这个地步，他也不好推辞，于是一杯两杯，很快就喝得迷迷糊糊了。

后来听父亲说，他那天因为喝多了，耽误了一天的工作，被扣工资不说，还被主管好好骂了一顿。父亲责怪我做得太过了，不过我倒觉得没什么。他的工作重要，你的身体就不重要了？灌别人的时候理直气壮，别人灌他就不行了？

本来中国的酒桌文化，敬酒劝酒无可厚非，但是有些人，完全不知道什么叫轻重。

朋友的一个亲戚，聚会那天感冒，吃了头孢，但是在饭桌上，硬是被同事灌了酒，结果险些要了他的命，同事赔了好多钱不说，原本关系挺好的两人，直接闹掰了。

生活中好像永远不缺乏这样的人，他们总是把陋习当文化，把自己的无理取闹当热情，把别人的反感当作客套。他们总是把自己的意愿强加在别人的身上，他们的心里太贫瘠了，以至于总是在人群中嚷嚷着寻找存在感。

要我看，这倒是和传说中的"直男癌"有得一拼。我从不会对人无端地产生恶意，但每次遇到这样的人，总是会忍不住地一肚子气。后来总结起来这种不知趣的人的共同点，只有六个字——读书少，情商低。

小韩是我大学时候的室友，毕业后去了一家互联网公司。前段时间宿舍聚会的时候，跟我说了他们公司的一件事。

为了方便起见，就先称他们为阿荣和阿呆吧。两人是一起进的公司，比小韩要晚了几个月，阿荣在商务部门，整天和外面的人打交道，很少待在公司。但是大家对他的印象就是为人活泼，很开朗。阿呆跟小韩是一个部门的，人如其名，有些木讷，整天也没几句话。虽然整天待在公司，但是反而还没有阿荣和大家熟络。

两个人都是试用员工，试用期三个月，试用期结束后，出乎所有人的意料，阿荣没转正，阿呆反而转正了。于是公司就有人议论，是不是阿呆和上面的领导有什么关系。不久后这些话传到了老板的耳中，一次开例会的时候，老板解释了辞退阿荣的原因。

阿荣的确很外向，很开朗，这点老板很喜欢。但是带着他出去谈了几次事情之后，老板发现了问题。

阿荣有点太自来熟了，到了谈判桌上，往往老板还没和对方高层打上招呼，他就已经和人勾肩搭背称兄道弟了。到了饭桌上，他立马化身夜店王子，一杯两杯喝得脸红脖子粗，搂着对方老板的脖子跟人嬉皮笑脸，

心纯净如水 不浮躁 不攀附 ▲

还非要人陪着他喝。最过分的一次，客户是个小姑娘，估计也是刚毕业，代表公司来谈事情。他喝得醉醺醺的，光着膀子，非要和人小姑娘扳手腕，惹得小姑娘直接翻脸走人。

而阿呆，平常没什么话，但是每次例会的时候提出的问题和建议都很中的，工作上也是如此，不声不响地把任务完成。两人的行为作风，老板都看在眼里，试用期结束之后，结果也就顺理成章地出来了。

最近微博上很流行一句话——"多一些真诚，少一些套路"。我觉得放在这里也很合适，感情如果真的深，不在乎那一口两口酒，只有对彼此关系没有信心的人，才会用这种半强制性的仪式来安慰自己。

"感情深，一口闷"也只是建立在双方都承认彼此关系的基础上。我没把你当生死与共的好兄弟，你就别拿着兄弟情义来逼我喝酒了。

与孤独的自己相处

▶▶

孤独并不可耻，不会享受孤独才是可耻的。生活就是这样，热闹的时候学会合群，孤独的时候学会享受。

一个人没有朋友固然寂寞，但如果忙得没有机会面对自己，可能更加孤独。

上高中以及之前的时候，从来不懂什么叫孤独，仿佛天天跟同学在一起吵吵闹闹，逃逃课打打球扯扯淡，几年也就过去了。那时候出现最多的情绪是："今天好累啊！""今天好困啊！"

哪怕时不时在 QQ 空间、人人网上发一些看似文艺实则无关痛痒的文字，也是为赋新词强说愁，哪里懂得什么叫孤独。反而上了大学、参加工作之后，这些心情日志荒废了许久，交了越来越多的朋友，内心却愈发感到孤独和茫然。

我一个大学同学，天生爱热闹，走到哪里都是一帮朋友兄弟，酒吧夜场倍儿熟，每个同学的生日聚会都会有他的身影，各种学生会社团活动也总会出现他的名字。在旁人看来，这种人是最不会感到孤独的。

某天回宿舍的路上，他突然跟我说："我觉得自己挺孤独的。"

面对我的疑惑，他解释道，人多的时候嘻嘻哈哈，时间过得很快，但是人一旦一走，就会立马陷入一种莫名的空虚和孤独。为了填补这种孤独，他往往选择加入一场更大的聚会。时间久了就仿佛陷入了一场恶性循环，马不停蹄地奔波于各种聚会之间，然后挑好照片发朋友圈，在朋友圈和好友各种互动。

然后呢？

除了聚会没有别的事做，只能不停地刷新着朋友圈和微博，看有没有最新的回复。

没有然后了。

一个星期后，他推掉了所有的聚会，一个人背着书包，请了几天假，去贵州的一个苗寨旅行了。这段时间里，他一直没有更新朋友圈和微博，给他发微信，也是到了晚上才会回复。几天后他回到学校，虽然灰头土脸，但是还是兴冲冲地跟我说，原来自己一个人也可以玩得很开心。

路上他把手机装进书包里，关闭了社交软件，到晚上再开机。短短的几天时间，他跟当地的老人学了一些苗家的语言，尝遍了当地的美食，也了解了很多苗族的风俗文化。用他的话说就是，他从来没想到原来生活中还有这么多有趣的事情。如果是一帮人一起去的话，他肯定不会静下心来，用心去了解这些东西的。

一帮人嘻嘻哈哈，路上只顾拍照聊天，哪有时间和心情在午后，坐在老树下，和苗寨的一个老人聊聊家常呢？

从那以后，他很少再去参加一个又一个聚会，朋友们都戏称当初的夜店小王子不见了。更多的时间，他带着相机和笔记本到处跑，回来了就抽时间在计算机前鼓捣。毕业的时候，他出了一本关于民俗的书，装帧精致，图文全是他自己创作的。当时让所有的朋友都大吃一惊，后来

那本书让他得到了一家出版公司主编的赏识，一毕业就把他聘了过去，没多久就做到了文学总监。

孤独并不可耻，不会享受孤独才是可耻的。学会与孤独的自己相处，先学会的是打发时间。在一个人的时候打扫打扫房间，换一换房间里家具的位置，都会得到很大的满足感。做运动，出点汗，跟着书或者视频学一学一些简单的糕点，好好地打扮一下自己，或者洗一个舒服的热水澡，都会让自己感到无比的充实和幸福。

生活就是这样，热闹的时候学会合群，孤独的时候学会享受。

我上高中的时候，学校有一位物理老师，妻子过世得早，孩子也在外面上大学，平常就他一个人住在学校的教师宿舍里。

一次放寒假的时候，我到学校玩，结果看到物理老师一个人坐在门口晒太阳。因为是寒假，学校的老师们都回家了，而物理老师因为家里也没人，就住在了学校。偌大的校园里除了门卫就剩他一个人。

老师见到我，热情地邀请我进屋去坐坐。本来觉得他最近过得肯定很无聊的我，进屋的时候就改变了想法。屋子里有些拥挤，但是采光很好，屋子里亮堂堂的，阳台上的绿植在暖气的保护下依然长得很茂盛，墙上挂满了老师自己画的山水虫鸟画和随兴的书法作品，一只大白猫窝在篮子里，伸着懒腰。

老师告诉我，每天早上他起床后，就先给绿植松松土浇浇水，做早餐遛猫，上午的时候听听戏，高兴的话画上一幅画；下午天冷的话，就自己在厨房里鼓捣一些小点心；暖和的话，就在门口晒着太阳看看书；到了晚上写完日记，泡着脚看会儿电视就去睡了。虽然是一个人，但是忙忙碌碌，倒也不觉得孤单。

　　一群人的时候不一定热闹，一个人的时候也不一定孤独。孤独的时候是一个人提升自己，认清自己的最好机会。但是事实上很多人都没有把握住这个机会。

　　人的一生总是免不了有孤独的时刻，而这些时刻正是命运给你进步的时间。像我大学同学那样，多行多走，提升自己。假如做不到，那就退一步，像我的那位物理老师，培养起来自己的爱好，把日子活得精致一点儿，好好享受孤独吧。

让偶像遇见更好的你

▶▶

我们之所以喜欢他们，是因为他们活出了我们想要的模样。看到他们成功，我们也欢喜，看到他们遭到挫折，我们也感同身受。

好的偶像总会让我们朝着他努力，或许我们和他的距离很远很远，但我们总在前进的路上，一点点变得更好。

大学的时候，我曾经有一段时间担任光线传媒中传校园俱乐部出品部的部长。所谓俱乐部，其实是光线传媒和学生会合作办的一个社团组织，主要是在有电影上映的时候，配合公司进行校园宣传，同时也为公司输出优秀的校园人才。作为回报，公司也会给俱乐部里的同学提供实习机会，以及一些大型活动或者电影点映会、明星见面会的入场资格。

小鹿是我的一个直系学妹，是俱乐部的一分子。她文才很好，俱乐部公众号的推送一般都是由她来完成的，也一直任劳任怨。但是和很多小女生一样，小鹿是个狂热的追星族，而且有很多偶像，我数了数，大概有七八个，从歌手到影星到作家，种类齐全。

和一般的粉丝相比，小鹿算是比较高端的粉丝了，逢偶像到机场，必去接机，偶像在北京有什么活动必定参加。哪怕在外地，也要想方设法去凑一凑热闹。某民谣歌手组合是小鹿的超级偶像，她甚至进入了这个组合的核心粉丝群，组合里的两个歌手，也都叫得上她的名字。

后来我得知，小鹿参加俱乐部，也是因为这个歌手组合和光线传媒的某位知名作家关系很好。到了光线传媒的俱乐部，也就离自己的偶像更近了一步。

我曾经问过小鹿，你这么喜欢自己的偶像，你为他们做过什么呀？

小鹿毫不犹豫地回答我，我一直省吃俭用，他所有的书和专辑、周边我都买，他的每一条微博我都转发评论，我的房间贴满他的海报，我还会经常给他寄礼物……

我打断了她，那你想成为偶像的粉丝，还是想成为偶像的朋友？

小鹿不说话了。

不管愿不愿意承认，我们每个人心中都有偶像。我们之所以喜欢他们，是因为他们活出了我们想要的模样。看到他们成功，我们也欢喜，看到他们遭到挫折，我们也感同身受。我们内心深处是想把他们当作自己的朋友，但是这个愿望不可实现，所以我们退而求其次，将他们奉为偶像。

所谓偶像，其实就是"高不可攀"的朋友。

我也有偶像。上高中的时候，我的成绩还不错，但是始终没有自己的人生规划。那时候的目标就是好好读书，然后上一个好一点的985大学。这些"目标"其实都是身边的人帮我设定的，我接受不是因为我觉得这样的安排有多好，而是因为我没有自己的想法。

用我偶像的话来说就是——"谁的青春不迷茫"。

到了高三的时候，班里的一个女生把刘同的一本书借给我看，说蛮适合我的。其实说实话，我是一直对励志鸡汤不太感冒的。但是高中的精神生活实在是太贫瘠了，我把那本书在自己的桌子里放了几天之后，还是拿出来，翻开了书。

后来那本书我看了三遍，原来浑浑噩噩的我忽然就有了方向。我没有目标，是因为我不知道我想要的是什么，当我读完那本书后，我忽然意识到，那就是我想要的生活。

高考出成绩的那天，我看了看自己的分数，可以上一个很不错的985院校，但是我犹豫了一会儿，还是把志愿填成了传媒大学，六个平行志愿，我只填了这一个学校。

我妈知道后，只说了一句话：你已经十八岁了，这是你自己的事情，我不会干涉，但是你要明白，你要对你的选择负责任。

后来我以高出录取线几十分的成绩到了传媒大学，并且顺理成章地进入了影视行业。当很多同学都在抱怨大学和自己想象中不一样的时候，我已经找到了自己的路。

再后来，我认识了在光线工作的一个朋友，闲聊的时候，他偶然得知我是刘同的粉丝，于是告诉我，刘同是他老大，他还有他的微信。

我欣喜异常，于是没过脑子，直接跟他要刘同的微信。朋友回了我一句，你俩又不认识，加了他的微信，你要说什么？

说你是他的粉丝，非常非常喜欢他吗？

他有那么多粉丝，你加他的微信，对他来说只不过是一种困扰而已，但是碍于你是他的粉丝，他又不好意思拉黑你，所以——有什么意义？

我沉默了好久，才不得不承认，他说的确实有道理。

朋友又说了一句，等到你和他见面互换名片的那天，一切就顺理成章了。

影视这一行很苦，我一个半路出家的和尚走起来更艰难，每次熬不下去，准备放弃的时候，总会想到，现在转头走了，偶像就永远只能是偶像，不能是朋友了。

一咬牙，又一咬牙，就走到了现在。虽然还没有站到他面前和他交

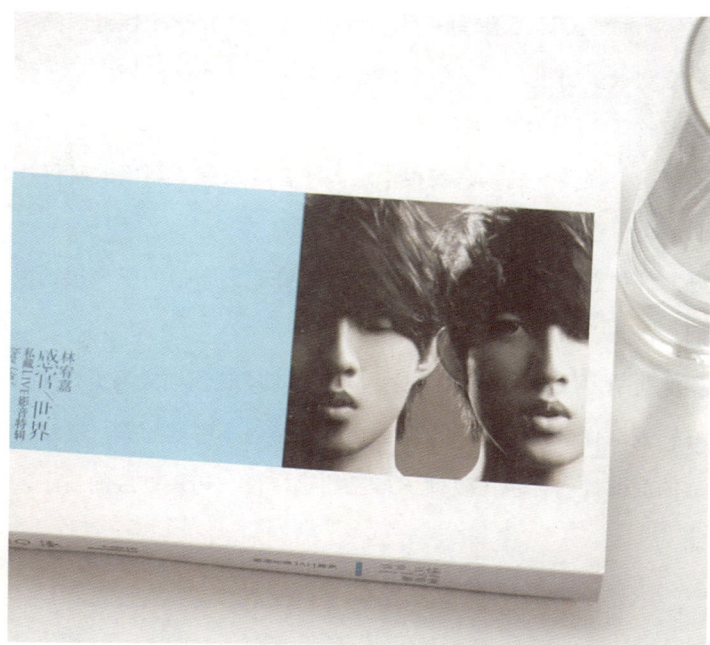

换名片，但我知道，那一天，或许不是很远了。

有一次上公选课的时候，老师说过一句，95 后是没有偶像的一代。班里一下子就炸开了锅，同学们纷纷反驳，这个说我喜欢 EXO，那个说我的偶像是胡歌，眉飞色舞地交流着自己的追星心得。

当时我还不太明白老师的意思，后来有一天早上，脑海中闪过这句话，突然就如醍醐灌顶般理解了老师的意思。95 后是个性鲜明的一代，他们会喜欢很多明星，但是他们已经很少再会朝着他们努力了。我们会把他们当成喜欢的明星，却不再把他们当作偶像。

偶像是个很沉重的词，我很幸运，在青春只剩下尾巴的时候找到了一个偶像。

好的偶像总会让我们朝着他努力，或许我们和他的距离很远很远，但我们总在前进的路上，一点点变得更好。

偶像给的力量，大概可以称之为一种信仰，让我们成为更好的自己。或许有一天，你会发现，当初那个让你觉得遥不可及的人，已经微笑着站在你的面前。而你也可以伸出自己的手，说一句：以后的日子，请多多关照。

你不值得我浪费时间

▶

你并不是需要帮助的陌生人，而是把我们行的方便当作理所当然的"半个朋友"。

当然，这"半个朋友"也是你们自封的，在我们眼里，你们和陌生人并没有什么区别。

我的人生只有一次，不能慷慨赠予我不爱的人。

最早给杂志写文章的时候，因为经常在 QQ 空间和编辑互动，所以时不时地会有一些写手来加我 QQ，我也是来者不拒，基本上主动加我的我都会同意。

有一天一个写手加我了，我看了下资料，十四岁。

我正感叹英雄出少年的时候，她直接就来了一句："你是无相吧？"

那时候我笔名是无相，于是很认真地给她回了一句："是的。"

"我们交个朋友吧？"

"好啊！"

"你之前写的文能发给我看看吗？"

我想了想，交流嘛，于是选了几篇我觉得写得还不错的，发给了她。正好这时候有人叫我出去吃饭，我就匆匆下了 QQ，跟朋友出去吃饭了。

一个多小时后我回来，就发现 QQ "炸"了。

"写得还不错。

你真名叫啥啊？

要不以后咱俩当笔友，我写的文你可以帮我看看，提提意见。

嗯？

人呢？

在不在啊？

怎么这么高冷啊？

不就发表过几篇文章吗，牛啥呀？

拜拜，拉黑！"

那个姑娘的头像已经永远地黑了下去，而我是有点蒙圈的。我是发表过两篇文章。我是很喜欢交朋友也没错，但是这并不意味着你上来随便两句，就立马成为了我的好朋友，我就得时时刻刻候在QQ前等着回你消息。

后来当了编剧，写了一点儿东西，偶尔会有些学戏文的同学通过我的朋友找到我，上来就开门见山地说："我想当编剧，你带带我吧。"我自认是资历不够的，自己写的东西还一大堆毛病，还带别人，这不是误人子弟吗，于是便婉拒。

结果有些人就立马炸毛了："开什么玩笑，我又不要稿费，又不要你开工资，只不过让你教教我而已，我还能帮你整理整理资料什么的，你装什么大牌啊！"

次数多了，我也就火大了。后来又一次，有人找到我，依旧是这样的情况。我就很认真地跟他解释："你不要工资不要稿费，但是我带你，要在你身上花费很长的时间和精力，我没找你要钱就好了，你还好意思找我要钱？况且咱俩很熟吗？"

从那以后，再也没有陌生人找我，说你带带我吧。

我也乐得清闲。

岳云鹏跟郭德纲学艺，还三年出场费都交给师傅。我让你三年的稿费都交给我，你干不？

偶然跟朋友们谈起这件事的时候，朋友们也都遇到过这样的情况。学设计的，有人托朋友找到她，说你给我设计个 logo 吧，我回头请你吃饭。拒绝他，就会在背地说"这人真是钻钱眼儿里了，唯利是图"；搞摄影的，有人托朋友找到他，说"我儿子想学摄影，跟着你学学吧，让他给你打打杂，不用给他开工资"，拒绝了他，他就说"这人怎么这样，一点都不热情"。

其实我们都很热情，都很乐意帮助朋友，但是问题是，你是我的朋友吗？我为什么要把时间和精力浪费在你的身上？

陌生人有困难，我们也很乐意帮助他们，但是你并不是需要帮助的陌生人，而是把我们行的方便当作理所当然的"半个朋友"，当然，这"半个朋友"也是你们自封的，在我们眼里，你们和陌生人并没有什么区别。

说句不太好听的话，在你身上耗费精力实际上是在浪费我的生命，如果你还把此当作理所当然的话，我自然不会给你好脸色。

很多追星族在见到明星本人后，就会变得没有之前那么喜欢了，甚至粉转路。因为在他的认知中，明星的一切他都很了解，就像多年的好友一样。我把你当我多年的好朋友合情合理，你也应该把我当作你的老友。

但是事实往往不是这样，见到粉丝的明星一般都会保持礼节性的微笑和距离，尤其是很多粉丝聚在一起的时候，他们总是会朝着人群挥挥手，微笑示意——于是有些人的心就受到了伤害。我把你当作生命中非常重要的人，而你只是对着我在的人群挥挥手，甚至没有看我一眼。

但是你可曾想过，明星也是人，他们也有自己的朋友、家人、爱人、师长。一辈子那么短，把人生一份份分给爱的人，每个人也分不到多少，哪里还有多余的时间给陌生人？

其实很多人和朋友的相识，都是一样的。不熟的时候以为这个人很高冷，熟了之后不知道是哪个精神病院里跑出来的精神病。

我跟阿发认识的时候，他是学校广播站的站长，是学校里万千女生的梦中情人，但是为人出了名的高冷，一个字儿能表达清楚的事情坚决不用两个字。我跟他认识也是因为文学社和广播站合作的缘故。

最开始的时候确实觉得他挺难相处的，一般工作上的事解决完之后，就不见了人影。后来慢慢熟了，才发现原来这家伙是个活宝，整天在朋友面前嘻嘻哈哈的，没有一点儿男神该有的样子。

后来我问阿发说："怎么跟你熟了之后，感觉你变了一个人一样。"

结果阿发跟我说："那时候还没把你当朋友啊！当然一码归一码，我的时间要用在我的朋友亲人身上，不过，我还是蛮讲礼貌的对吧？"

也是，对待陌生人和单纯的商业合作伙伴，只需要做到不失礼节，尊重和善就行了。我的喜怒哀乐，还是和我最亲近的人分享的好。

后来偶然在书上看到过一句话："我的人生只有一次，不能慷慨赠予我不爱的人。"这句话在爱情里适用，在社交上也同样是真理。人生苦短，如果抹不下面子，把人生中大部分时间都浪费在和泛泛之交的虚与委蛇之中，那你爱的人，于你又有什么意义呢？

每个人都只能陪你走一段路

▶

时隔好多年，我仍能记得他说的一句话——"爸妈陪我走了快二十年，妈老了，爸得陪着她走，我还年轻，一个人就够了。"

现在回想起来，哪怕这句话背后有怎样难以形容的悲恸，我都相信，他的内心在那一刻都已经是无比的强大。

零几年的时候住在小镇上，附近有几个从小玩到大的朋友，可以称得上是最标准的发小。那时候还没广场舞，大人们吃过饭一般都待在屋子里看电视。我们几个约定好了暗号，是一段高亢嘹亮、音调怪异的号子。第一个吃完饭的站在家门口一喊，在屋里面的各位就会立马虎吞几口饭，飞也似的跑出来。晚上不到爸妈拿着棍子出来找，坚决不回去。

其中一个发小子云家门口种有一棵棕榈树（小时候我们叫它芭蕉树，或许是棕榈树的叶子长得像蒲扇，而《西游记》里的铁扇公主又有一把芭蕉扇的缘故），新叶长大后褪下来的叶鞘会包裹在树干上，要过很长时间才会掉下来。那天不知道是谁拿着打火机点了一下摇摇欲坠的叶鞘，瞬间火苗就蹿了上去，没到两秒钟，火势就不可控制了，后来我们就眼睁睁地看着那棵棕榈树在我们面前被烧死。后来气急败坏的子云爸找不到凶手，就拿起扫帚把子云狠狠揍了一顿。

到了上初中的时候，大家就陆陆续续搬走了。虽然每年都会聚，但每次总是聚不齐，也没有当年的味道。考上大学那年我回来，看到当初烧死棕榈树的那个树坑，种下了一棵枇杷树。而住在子云家旧址的，是子云叔叔一家，他跟我说，这个树坑特别邪门儿，种枇杷树这么多年了，就是一直不结果子。

再到后来，子云去了美国读研，对面的小黑妞考上了省师范，在一所高中当了历史老师，隔壁的小帅哥大学毕业后回县城开了一家奶茶店，生意也做得不错。而我们这群拉屎都要在一块儿的小伙伴，再也没能一起在当年玩了快十年的街道走一次。

旧一茬的朋友走了，新一茬的朋友又来。

我和薛子认识是在 2011 年的时候，她是个很爷们儿的女生，每次我和呆志路过他们班门口，不管里面有没有老师，我们都会朝里面大喊一声："薛子，走，上厕所！"

呆志其实不叫呆志，叫德志。但是在我们方言里，"德"字读音就是"dai"，我记得我刚买手机的时候，通讯录里要存呆志的号码，打了"daizhi"，翻了好久也没找到正确的两个字，就把"呆志"存了上去，并且沿用至今。

上学时候的"上厕所"，准确的含义或许可以认为是"下楼溜达一圈，去不去厕所无所谓"，但是两个男生天天在别人班门口叫一个女生去上厕所，也确实有些怪怪的。我和她那时候都喜欢写小说，经常在一起商量故事情节、人物设定，大概有很长的一段时间我妈都以为我早恋了。直到今年过年回家的时候，我妈还在问我，"你和那个姓薛的女生还有联系吗？"

中考结束，薛子去了市二高，我和呆志去了市一高，后来的很长一段时间，我们还每周一聚，交流一些比如"薛子这次月考语文考了全年级第一，数学考了四分""我在老师检查我的抽屉之前把所有的小说转移了阵地"之类的小话题，再后来，我们上了大学，去了不同的城市。

大一的时候薛子跟我说，感觉我变了，我们之间的友情也淡了。

大一下学期的时候，呆志找我说，薛子跟他之间感觉有了隔阂。

我曾花了很长的时间去思考我们之间究竟出了什么问题，但是一直没有结果。然而暑假的时候，我们又聚在了一起，友情没有变淡，也没有隔阂，该吃吃该玩玩。之前我们在 QQ 里在电话中争论的歇斯底里的问题，仿佛根本就不存在。

过去很久之后，我才大概明白，所谓的隔阂和改变，只不过是因为我们都向前走了一步，远了一点儿。就像两艘船，航线不一样。相遇后便会越走越远，而且我们知道，我们不能掉头返航。但是在未来的某一天，两艘船在某一个港口又偶然相遇，我们会发现虽然已经经历了不同的风雨，但在彼此面前，我们依然是最初的模样。

龙应台在《目送》里写道："我慢慢地、慢慢地了解到，所谓父女母子一场，只不过意味着，你和他的缘分就是今生今世不断地在目送他的背影渐行渐远。你站在小路的这一端，看着他逐渐消失在小路转弯的地方，而且他用背影默默告诉你：不必追。"

父母看子女是这样，子女看父母或许也是这样。

还是我小时候的事，邻居家我的小哥们儿，他的堂哥，住在离我们家两百米远的地方（小时候在我们看来是一段很远的距离），堂哥上大学那年，他母亲脑溢血去世了。堂哥父亲和母亲感情很深，办完丧事后，他父亲找到了我小哥们儿的爸爸，说，"你二姐走了，以后孩子就托付给你了。"

所言种种，像极了遗言。半个月后，堂哥的父亲也去世了，同样的病。堂哥原本是个很活泼的人，从那以后就变得沉默寡言。

时隔好多年，我仍能记得他说的一句话——"爸妈陪我走了快二十年，妈老了，爸得陪着她走，我还年轻，一个人就够了。"

现在回想起来，哪怕这句话背后有怎样难以形容的悲恸，我都相信，他的内心在那一刻都已经是无比的强大。

每个人在你的生命里都只能陪你走一段路，父母陪你走过前半辈子，爱人陪你走过后半辈子，其余的人，来来往往，走进你的世界里，停留又离开。我从来不敢奢求哪些人能一直陪我走下去，或许最重要的不是陪我走了多久，而是曾经陪我走过。

他们走进你的世界，完成他们应该做的，然后离开。

不必留，有生离死别，大概才可以称之为生命。

活得比朋友圈精彩

▶

经常旅游的人很少更新朋友圈，只有偶尔出去玩一次的人才会在朋友圈 po 满各种游客照。同样的，单身狗才会在朋友圈天天晒暧昧，而真正幸福的人早已经闭嘴了。

发一条朋友圈一般需要几个步骤？

第一步：做好发型，化个淡妆。精心挑选服装搭配，衣服最好是之前发的朋友圈里没有穿过的，这样可以让别人有一种我衣服很多的错觉。

第二步：选一个比较高大上的背景，大厦、酒吧、海边、机场……要假装无意间露出一点点可以暴露自己所处地方的小细节，比如全英的登机牌，杯子上的星巴克 logo。

第三步：选好光，找好角度，打开美颜相机，拍上十几二十几张。

第四步：从刚才的十几张照片里选出一两张还不错的，在各种修图美颜软件里过上一遍又一遍，加上一个又一个滤镜，直到最后看上去有一种逼格很高又好像漫不经心的感觉。

第五步：编辑好朋友圈，然后存草稿。等到一个比较合适的时间，如果是在工作日，那就选在早上八点半左右，这个时候人们应该在地铁上刷朋友圈；如果是周末，那就选在上午十点半左右，这个时候人们可能刚起床，躺在被窝里刷朋友圈，确保自己的状态让更多的人看到。

第六步：发送，顺便在 QQ 空间、微博上也同步一份，做好准备收获大量的赞和感叹。

看，发条朋友圈需要这么多的步骤。那么，我得到了什么？

如果是我生活中的朋友，他自然知道我的真实面目是怎样的，所以并不会被朋友圈的假象迷惑，说不定还会在心里暗骂一句："这人有病吧。"

如果是未曾谋面的好友或是网友，可能会语气酸溜溜地赞美两句，表达自己的羡慕，或者对你产生好感甚至爱慕。但是如果有朝一日两人相见，那必定会原形毕露，尴尬不堪。

反正网友见面因为心理落差过大而打起来的新闻也不少见，you know。

我耗费在"策划"一次朋友圈动态，从而在社交软件上营造出一种我很高端我很帅我很美的假象上的精力，可以做些什么？

把之前一直堆着不想做的作业或者工作解决一点儿，然后慢慢发现压在脑袋上的那块大石头不见了；在手机上下载一个健身类的 app，跟着计划做一场运动，在大汗淋漓的时候冲进卫生间，舒舒服服地洗一个澡；打开通讯录或者微信，给爸妈打个电话，没啥说的就问问他们吃饭没，家里热不热冷不冷，毕竟你不知道再过多久，电话的那头就没人接听了；给阳台上被遗忘的吊兰、多肉松松土，浇浇水，然后放在一个阳光好的位置……

给杂志社写文章的时候认识了一个妹子，年纪跟我差不多，文笔细

腻，写的也都是伤春怀秋朦胧情感的小说，以至于我一直以为她是某个大学中文系的文艺女。直到有一天在和她闲聊的时候，才知道她在全球排名第二的帝国理工学院攻读物理专业。后来哪怕她从未再提起此事，我内心深处依然对她有一种不可名说的崇拜感。

活给自己看，而不是活给别人看。虽然这句话已经被说烂了，但是事实真的如此。通过种种掩饰，在社交平台上展示一个看似很优秀的你，对你的自身并没有什么提升。长得帅的哪怕天天发黑照也是男神，长得不帅还矫情的，照片修得再好也是屌丝。不管你包装再怎么精美，发芽的土豆也永远不会变成熟得恰到好处的黄金奇异果。

我在上大一的时候才开始给杂志社写稿子，那时候任何一个过稿的信息都能让我欣喜异常。最开始的时候，编辑回复初审通过的邮件，会被我刻意收藏起来，截图发 QQ 空间。后来初审过的多了，就不再发初审的截图，开始发编辑通知过终审的截图。再后来我发现，真正的大神永远不在自己空间里发自己的过稿通知，而你却总在杂志上看到他们的名字。

有个女性朋友阿花是个很低调的人，我和她是高中同学。阿花的老爸是我们当地保洁公司总代理，标准的富二代。阿花平时不显山不露水，也不在朋友圈晒富晾款。上了大学之后，阿花依然贯彻自己低调的风格，后来跟阿花在一个城市的同学某天突然找到我，跟我说："我发现阿花这个女生很不得了啊！"

后来在聊的过程中我才知道，朋友跟阿花是一个专业的，经常看到阿花出去做一些兼职，也经常和学校周边的水果小摊的摊主打交道。很多人都以为阿花家境不太好，做这些贴补家用。可是后来放假的时候，阿花的老爸派司机开着豪车来接她，当时好多同学都很是吃惊。结果放假过来没多久，班上的一些女生就开始暗中说阿花是绿茶婊，天天做出一副平常人家女孩子的样子。指不定心里边怎么鄙视他们这些穷人，去做兼职估计也是装装样子而已。

这些话传到了阿花耳朵里，阿花也只是笑笑，并没有什么过激的反应。大概半个学期后，阿花带着自己的小团队推出了一款小型的app，整合了大学城周围的大部分水果店资源，并利用自己做兼职时候结识的人脉和经验，组建了运营团队，那款app也迅速在大学生中间走红。

后来我问朋友，那些当时讽刺阿花的女生后来怎么样了，朋友告诉我，她们依然在自己的朋友圈当着白富美。

我从没觉得发朋友圈有什么不好，但是见过了太多p得连爹妈都不认识的脸，或者那些曾经我认识的"狗蛋""翠花""大栓子"摇身一变，在朋友圈里成了"Jerry""Linda""Tim"，也就慢慢开始厌烦了。

有人说缺什么才炫耀什么，你只是想向别人证明你有什么。就像我最开始写文的时候，因为过稿难，所以每一次成功都会放在社交软件炫耀，而过稿已经习以为常的时候，也就不会经常晒了。经常旅游的人很少更新朋友圈，只有偶尔出去玩一次的人才会在朋友圈po满各种游客照。同样的，单身狗才会在朋友圈天天晒暧昧，而真正幸福的人早已闭嘴了。

伪装再完美，loser永远是loser，活得比朋友圈精彩，才叫真的人生赢家。

有没有那么一首歌

▶▶

　　后来大了，偶然间又翻出来看，看到林青霞披着长发，抱着琵琶，赤脚打着拍子，围着篝火轻唱《做个真的我》的那一幕，突然就忍不住热泪盈眶。

　　对写歌的人来说，每一首歌都是一个故事。对听歌的人来说，每一首歌都是一段岁月。

　　前两天清理计算机，在 D 盘发现了一个很久没动的档夹，系统显示的最后修改时间是 2014 年 3 月 18 日，算算也差不多有两年多了。

　　点开后发现里面存的全是我很久之前听的歌，《天下》《兰若词》《天使的翅膀》《橄榄树》《最美的太阳》《蓝莲花》……总共有两百多首，其中大部分都是从最后一次点开那个档夹以来，再也没有听过。倘若今天不是存储空间不够，特意清理磁盘，想必是很难再想起来的。

　　我随手点开了一首，当年听得快要吐的旋律，如今听起来反而有些陌生了。听到《兰若词》的时候，一个恍惚，仿佛自己又回到了当年。

　　高三的时候我住校，学校的教学区和宿舍还有一段距离，高三也比高一高二晚自习放学要晚一个多小时。往往我们从教室离开的时候，其他年级的宿舍都已经是漆黑一片。那时候我有一台银白色的 MP3，有很长的一段时间，我最喜欢的就是那首《兰若词》，每天晚上走在回宿舍的路上，都会听上两遍，然后再听其他歌。

毫不夸张地说，我对高三最深刻的印象之一，就是背着书包，提着打满热水的暖壶，走在满天星光下。路灯很暗，总是藏在小路两旁的法桐树后，耳机里，也总是那几句歌词：

……

掌心的线断了连络

似幽魂飘过

惹来太多牵扯

一滴泪滑落

有意碰落他的烛火

都快忘记相逢为何

心事难说破

情比纸伞斑驳

他写聊斋时遣词了太多寂寞

……

要是把耳机摘下来，能听到的就只有呼呼的夜风声。尤其是在临近高考的夏夜，那条带着旋律的小路几乎成了我唯一可以放松的地方。

高中毕业后，那个 MP3 寿终正寝。我把里面的歌曲全部拷贝到了计算机里，然后顺理成章地遗忘。我曾经偶尔想起来《兰若词》，但是在网上寻找，却总是找不到当初我听的那个版本。直到前两天偶然翻到之前存下来的音乐，又听了一遍，才发现，不是听的版本不一样，而是听的人已经不一样了。

后来每听一首之前的歌，总是能想到这首歌陪我走过的那些日子。仿佛在特定的年纪，永远都有那么一两首歌循环播放，也总有那么几个人，回忆起他们的时候，总会伴随着几首背景音乐。

快上初中的时候，凤凰传奇很火。我还记得那时候浙江卫视每次电视剧加广告的时候，都会放他们的《月亮之上》，有些机械味的女音也总在吆喝着："拨打 xxx，把这首好听的音乐设置为你的手机彩铃……"上了初中之后，迷上了张杰，那时候他还是一个刚从某选秀节目出来的新人，但是《天下》《最美的太阳》简直百听不厌，我甚至还利用自己音乐委员这个小小的"职务"之便，在音乐课的时候让老师教我们唱他的歌。到后来，很少会再像当初一样，那么纯粹地喜欢一个歌手。

有人曾经说过，从周杰伦听到陈奕迅，从张杰听到张惠妹，是一个人从年少到成熟的蜕变。静下来想想，倒也有几分道理，每个时间都有它独特的色彩和旋律，而我们也总是能从一首歌中，听到当初的自己。

小时候和父亲在一起看过《东方不败之风云再起》，那时候看不懂，看的只是一帮人打打杀杀飞来飞去，热闹非凡。后来大了，偶然间又翻出来看，看到林青霞披着长发，抱着琵琶，赤脚打着拍子，围着篝火轻唱《做个真的我》的那一幕，突然就忍不住热泪盈眶。

后来我知道那种感动叫情怀。

我和小成是在大学的社团里认识的，我是工学院的，小成是文法学部的。但是我俩都挺喜欢写作的，后来参加了学校的文学社，也就自然而然地认识了。那时候文学社要办社刊，但是学校里很少有人会投稿，为了让社刊顺利出刊，我们这些成员都要用好几个不同的笔名供稿。

播音学院的大楼前有明德湖，湖边有好几个凉亭。到了晚上的时候，湖中会亮着水灯，亭子里就亮堂堂的。那时候我和小成总会在出刊前几天的晚上，带着计算机到凉亭里码字。小成习惯带着一个小功放，万年不变放着石进的《夜的钢琴曲》中的几首曲子。

毕业后小成去了长沙的一家小说杂志社当编辑，我们很少再见面，但是每次听到别人放《夜的钢琴曲》，我就仿佛回到那些凉风满楼的夜晚，和小成坐在一起，忍着困意在计算机上敲下一个又一个字。

曾经也试过把当初那些非常喜欢的歌拿出来，想要再次单曲循环，但是发现旧歌重听，就像是旧事重提，一次两次，总是怀念，次数多了，就没有味道了。

过去就是这样，可以回忆，但是不能深究。

对写歌的人来说，每一首歌都是一个故事。对听歌的人来说，每一首歌都是一段岁月。一首歌在我的路上来了又走，留下了一些东西，也带走了一些东西。

我知道每个人的生命中总有几首意义非凡的歌，那些歌代表的不一定是一段轰轰烈烈的爱情，也不一定是一个感天动地的故事，仅仅是一段平淡无奇的岁月，就足以让人怀念至今。

我也大概能理解，那些从磁带年代走过来的人，为什么在《我是歌手》中看到张信哲一开口，就忍不住泪流满面。毕竟过去回不去，但是我们还能听一听那年的歌，聊以慰藉。

其实这些歌就像一些人，从我们的青春里打马走过，多年后若是在街头遇见，也能彼此微笑，挥挥手，说一声好久不见。

没有什么比爱自己更重要

▶

后来，每当我要为了一件事情忍气吞声的时候，我总是会想到这句话。为什么要委屈自己？如果这是你生命中的最后一天，你岂不是要带着这口气，永远留下遗憾？

当我想做一件事，但是又懒得行动的时候，我也总是会想起这句话。现在不做，可能永远都没机会做了。

大二下学期的时候，我同专业的朋友，永远离开了我。

前一天还和我有说有笑的他，第二天上课的路上突然就心脏病发作，倒在地上再也没有醒来。两天后在东郊殡仪馆开追悼会，他人缘很好，来了很多人送他。班里的女生，看到之前那么阳光帅气的他，就这么安安静静地躺在冷棺里，哭得一塌糊涂。

他才二十岁，和我一样大。那是我第一次离死亡如此之近。以至于很久之后，我依然觉得这件事情只是一个恶作剧。

我翻到他的朋友圈，最后一张照片是他们宿舍的门，上面贴了春联，他说：明年买红纸自己写春联。但是，他再也没有机会了。我清晰地记得，那几天天气很好，阳光很暖，玉渊潭的樱花也开成了一片海。但是我站在阳光下，却总是在想，他现在是不是很冷。

以前总觉得失恋、挂科、和朋友闹矛盾、和爸妈有分歧，都是生命中最痛苦的事情，直到那天我才突然明白，那些和生死相比，都算不上什么。不管现在我多苦，总能看到明天的太阳，总能等到明年的春暖花开，我还有什么不知足的？

在社团里认识的女生小雅，大一谈了三次恋爱。每次失恋，总是哭得不省人事，寻死觅活，照顾她的人一疏忽，她就会自残。好像除了恋爱，自己人生再也没有值得留恋的部分。后来很多人都知道了小雅的事，大学余下的三年，再也没有人追求过她。

后来我问一个朋友，小雅那么漂亮，为什么没人追她。朋友叹了口气告诉我，原来他们班里边是有几个对小雅有意思的，但是后来知道了她的事，都退却了。一个连自己都不爱的人，拿什么指望她爱别人呢？

去年回家的时候，我妈问我，到时候我买房子，准备让她给多少钱。我想都没想就告诉她，不用你给钱，我有钱了自己买，没钱的话我租着房子住就行。

当时我妈很吃惊。在她们那个年代的人的认知里，爸妈给儿子买房子是天经地义的事。他们的后半辈子，就是为了自己的孩子活着。在她小的时候，我外婆家附近有一户人家，母亲给儿子娶了媳妇，但是儿媳妇不孝顺，经常打骂母亲，她也总是逆来顺受，甚至还乐呵呵的。

这件事在当时看起来并不奇怪。因为她的使命就是给儿子娶媳妇，让他传宗接代，现在她的任务完成了，哪怕儿媳妇对她不好，她心里也是高兴的。

这种心态，在如今的我们看来十分不可思议。儿子能不能娶到媳妇是他的事情。作为母亲把他抚养成人，就已经完成了自己的义务。下半辈子应该是为自己而活，为什么要把自己的人生当成别人的附属品？

前两天微博上有一个问题。我们一直都搞不明白的两件事：第一，我们为什么要上学？第二，我们为什么要上班？原博底下有一个网友评论："为了我们能上班，为了孩子能上学。"看，多么机智的回答。虽然合理性有待商榷，但是从中确实是可以看出来，很多人都觉得，自己是为了别人而活着。

或许在他们看来，他们来到这个世上就是为了完成一个个任务，然后再离开。男人就是要延续家族的香火，外出做工养活自己的老婆孩子，然后让自己的儿子继续完成这样的任务；女人，就是要洗衣做饭，给婆家传宗接代，然后让自己的女儿延续自己的命运。

这样的意义在哪儿呢？白白地来这世上走一遭，从来没有一天是为了自己活着——这样的人生，是自己的人生吗？

跟娟姐认识是在刚参加工作的时候。娟姐是我的顶头上司，在公司也算是中高层了，手里握着几个栏目制作的生杀大权，在公司的未来可以说是一片光明。娟姐是个很大姐大的人，我跟娟姐是老乡，所以娟姐也对我很关照。

大概半年后，娟姐辞职了。原因是公司的一个领导之前在追求娟姐，娟姐对他不太感冒，拒绝了他几次，从那以后，领导就隔三差五给她小鞋穿。

那个周末我约了娟姐出来，劝她回去。毕竟她已经在公司做了这么久，公司发展也很好，这样突然离开，去一个新的地方，还要从头开始。不如忍一时风平浪静，过段时间也就过去了。

娟姐的态度倒是很坚决——就是不回去。在那个领导的目光下，每一分钟对她来说都是煎熬，她不肯委屈自己。

娟姐走得很潇洒，辞去工作之后的她没有急着去找新工作，而是带着自己的妈妈环球旅行了大半年。回来之后去了一家民营的传媒公司。

前些日子和她通电话，得知娟姐已经做到了项目总监，在旅行的时候认识的朋友，也已经成了她的丈夫。

娟姐有句话我到现在都记得——我的人生这么宝贵，为什么要浪费在一个我讨厌的地方？

有句话说得很好——谁也不知道，明天和意外会哪一个先来。后来，每当我要为了一件事情忍气吞声的时候，我总是会想到这句话。为什么要委屈自己？如果这是你生命中的最后一天，你岂不是要带着这口气，永远留下遗憾？

当我想做一件事，但是又懒得行动的时候，我也总是会想起这句话。现在不做，可能永远都没机会做了。

把每一天都当作生命中的最后一天来过，才会明白它的可贵。

没有什么比爱自己更重要。

养好一盆花

▶▶

每每觉得自己可能是这世上最倒霉的人的时候，又总能安慰自己，至少我种的花长得还蛮不错的，看，今天又长出了一个新叶子。再糟糕的情况也不过如此，我仍然有值得高兴的事情。

新年钟声敲响前，我坐在计算机前写来年的目标和计划。

"读二十本书；

练出八块腹肌；

把用了好久的微单换成单反；

……"

写了大概有十几条，我又重新看了看，觉得差不多了，就准备关计算机去睡觉。但是刚站起身来，想了想，在上面又添了一句话：

"养好一盆花。"

我其实是养过花的。以前在宿舍住着的时候养过多肉，不记得是什么品种了，但是当时和太阳花种在一个盆子里，一个木讷一个活泼，虽然没怎么浇水，但是长得也是蛮好看。暑假回家的时候却忘了。等到一个多月后我回来的时候，太阳花已经完全枯死了，多肉稍微好一点，但也半死不活了。只剩下中间小拇指那么大的地方还带点绿色，虽然我及时地把它移植到了新的花盆里，但还是回天乏术。

大二的时候搬出去住，合租的室友是播音系的一个男生，非常注重生活情调。卫生间永远都放着一枝绿植，放在水瓶里，用水泡着根部，绿油油的煞是好看。有一天我忍不住问他在水里放了什么，那些绿植能活这么久。结果他告诉我什么都没放，他唯一做的就是每周换一枝绿植。

自那以后，我每次看到卫生间的绿植，就高兴不起来了。

印象中会享受生活的，房间里总少不了绿色，或是阳台上的水仙，或是书桌上的百合，有的时候忙活一天，回到家里，能看到一束花或者一丛绿，想必心里也会生出几分慵懒吧。生活过得急匆匆的人，大概也不会每天想起来照顾一下阳台上的花。

小时候跟爷爷奶奶住的时候，院子里有一个小小的花圃，奶奶每年都会在花圃里种上各种品种的花儿。我记得有一种俗名叫作"串串红"的花，开起花来一大簇一大簇，远远望去就像是一团跳跃的火焰。我是最喜欢这种花的，因为在刚开没多久的时候，把花从花萼上摘下来，放在嘴里一吸，就会有一丁点蜜流出来，很甜很甜，而且因为花开得特别多，特别快，所以整个夏天都断不了的。现在想想，仍然算得上是这世上难得的美味。

从小县城来到北京，见过了无数修剪得整整齐齐的、开得热热闹闹的花，但是最怀念的还是奶奶家的那个小小的苗圃。广场前的牡丹月季，硕大饱满，一排又一排，隔几天一换，好像永远都不会凋谢，但就像卫生间那株每周一换的绿植一样，没了生命力。自己种一盆花，看着它发芽、抽叶、花蕾、含苞、绽放、凋谢，一点儿一点儿，总归会有小小的欣喜

和成就感。能好好养着一盆花的人，内心大概都是很柔软的。

记得看过一部外国的电影，很早之前了，也忘了叫什么名字，只记得主人公是一个杀人犯，最后在屋里被警察逮捕的时候，他做的最后一件事是拿起水壶，给阳台上的吊兰浇了浇水，并嘱咐邻居在他走后，好好照顾那盆吊兰。虽然时隔多年，我依然相信那个舍不得丢下一盆吊兰的男人，不会是一个穷凶极恶的刽子手。

人在四四方方的高楼大厦中行走得多了，就好像连血肉也变成了钢筋水泥，没了一点儿生气。旧时候有人吞鸦片自杀的，若是被人及时发现了，抢救的办法就是把人放在土坑里，名曰吸点地气，能不能活下来就看自己的造化了。如今人们日日生活在离地几十米的写字楼里，地气这个词也仿佛变得遥不可及。养一盆花在面前，就好像是放了一片土地在屋里，聊以慰藉。

写下计划的第二天，我就去花卉市场买了一盆绿萝，挂在了书桌上方。养了大概有一个星期，绿萝的一些叶子开始有局部黑斑，然后很快那片叶子就枯死，而且有了传染的趋势。我跑去问了卖给我绿萝的老板，他告诉我那是绿萝常见的一种病，让它晒晒太阳通通风就好了。

那时候我住的地方是一处很旧的社区，阳台被封死了，根本进不去。为了给绿萝"治病"，我每天早上六点多就要起床，把它搬到顶楼的露天阳台上去，浇浇水，松松土，然后再去上班。频率之高，一度让住在我对面的老头儿以为我偷偷在顶楼养了一只猫。

像我这种夜猫子，早上上班的时候往往是最困的时候，但是那段日子，日日早起，晨光微曦的时候就在寒风中给绿萝浇水，在破旧的居民楼顶楼俯瞰这个已经开始运作的城市，到了晚上把绿萝搬进屋子就开始犯困。后来绿萝被我修剪掉病叶之后，只剩下五六片叶子，光秃秃的。过了一个多月，才慢慢恢复过元气来，而我也成功地改掉了晚睡晚起的坏毛病。

到现在那株长得十分喜人的绿萝还挂在我的书桌前，尤其是在周末早上起不来的时候，想一想我还要把绿萝搬上去晒太阳，就能立马从床上滚下来，开启元气满满的一天。

在以后的大概几年里，有过失恋、工作上的失意、和朋友发生争吵，但每每觉得自己可能是这世上最倒霉的人的时候，又总能安慰自己，至少我种的花长得还蛮不错的，看，今天又长出了一个新叶子。再糟糕的情况也不过如此，我仍然有值得高兴的事情。

在这世上行走得越久，身心就会越坚强，或者更确切地来说是更坚硬。我们肯花几千几万在电子产品上，然后再把自己的时间浪费在上面，头脑变得愈发理性和程序化，却不舍得每天花上几分钟时间，看一颗种子长成一株花。

好好养一盆花，或许也可以称作一种情怀。这么说或许有些矫情，但是我始终坚信那颗你种下的种子，能扎根于你内心深处最柔软的地方。

收起你的玻璃心

▶▶

　　他们身上总是满满的负能量，好像整个世界的存在都是为了为难他们，身边所有的人都对他们充满了恶意。但是他们并不知道的是，阳光那么好，谁会把时间浪费在为难你上啊！

　　一大清早，朋友就一通电话打过来，劈头盖脸就是一顿抱怨，我一头雾水地听着他讲完，才知道发生了什么事。

　　朋友在一家传媒公司当设计主管，跟我关系也不错。前些日子老妈的闺密托她找到了我，说自己的儿子刚大学毕业，大学学的专业是数字媒体艺术，想问我有没有推荐的工作给他。正好那几天朋友的公司在招UI设计师，而且她儿子也是名牌大学毕业的，瞌睡遇见枕头，我就把他介绍给了朋友。

　　面试的时候挺好，朋友也满意，还特地请我吃了一顿饭。

　　直到今天早上朋友打来电话。

　　原来，不久前公司接了一个单子，给一个美食类的APP做UI界面设计，朋友就安排了公司的一个经验丰富的设计师带着他和几个新来的一起做这个项目。这个老设计师虽然不是名牌大学毕业，但是已经在行内工作了十几年，和客户打交道也很有一套，是朋友专门从别的公司挖来的人才。

起初，任务分配下去后，他不愿按照老设计师的安排做，在自己负责的部分，硬是融进去了自己的想法，但是到了老设计师这里一看，不行。

第一，看上去还像是学生作业；第二，其他人分管的部分都是一个风格，你这个放进去太突兀了，交到客户那边肯定要返工，于是打回去让他重做。他虽然不太情愿，但还是照做了。第二次交上来，跟上一次有点不一样，但是还是完全按照自己的想法来，此时大部分人都已经按照老设计师的要求做好了，正好遇见客户催进度了，老设计师没办法，只能交了上去。

果不其然，客户不满意，而且问题就出现在他负责的那一部分。老设计师就把他数落了一顿，大概就是说，有想法没错，但是也得先把基础的做好了，等自己做的东西能让客户满意了，再多发展自己的理念。况且这是一个团队，不懂配合的话，什么也做不好。

他立马撂挑子不干了，委屈得不行，说公司欺负新人，老设计师倚老卖老。他一个名牌大学的，能不懂怎么设计？朋友后来接到老设计师的通知，想着年轻人心高气傲，也可以原谅，于是让他回家冷静一下，休息两天，下周再来上班。

到了下周，他没来上班，朋友觉得可能是脾气比较强，也就没勉强。结果让他没想到的是，两天后他接到了客户的投诉，说他们公司一个员工，加了客户的微信，说了一大堆客户不懂艺术、暴发户之类的话。

朋友一听，这不得了了，于是立马找客户要来了那人的微信号，结果好嘛，就是他。朋友给他发微信，发现自己被拉黑了，打电话也不接，这不越想越气，才打电话给我。

挂了电话后，我就给他打了过去，对于朋友跟我说的一切，他都不否认，并且表现出了理所当然的态度，还跟我控诉这个公司是如何的可恶，公司的人是如何如何的不友善。到最后，他又开始抱怨我给他介绍的工作不好，然后在我向他讲道理的时候，干脆利落地挂了我的电话。

我十分诧异世界上怎么会有这么玻璃心的男生，后来特意去了解了他的过去。他一直是班级里的尖子生，学习和课外活动样样在行，家境优越，父母也很宠爱他。到这时候我才明白，他活了二十多年，听到的全是赞美夸奖的话。到了参加工作的时候，对自己满怀信心的他准备大展身手，一施拳脚，结果刚开始就遇见了挫折，过于自信的他，自然是接受不了了。

事后跟另一个朋友说起此事，他反倒说我大惊小怪，因为身边这样的人太多了。

男朋友没有秒回微信——他不爱我了；

我发的朋友圈没有人点赞——大家是不是很讨厌我；

我跟主管打招呼他没有理我——是不是对我有意见啊。

男朋友没有秒回微信，可能他现在手机没电了；发的朋友圈没人点赞，可能是你今天发的太多了；跟主管打招呼他没有理你，可能是因为他今天忘了戴隐形眼镜……

他之前在杂志社做编辑，有些刚开始写文的小姑娘投稿给他，往往都是惨不忍睹，但他也会认认真真地读完，给出退稿意见。结果——十个人中就会有一个给他回邮件，无非就是些"我这么辛苦写一篇文章，你却把它退了""你水平不行吧，我身边的人看了都觉得我写得好""我好难过，以后再也不写稿子了"。更有甚者，直接脏话飘出来，仿佛朋友变成了万恶不赦的大坏蛋，他存在的意义就是在她们的文学路上下绊子，毁掉她们成为知名作家的梦想。朋友后来终于忍不住，在自己的

QQ 上挂上签名——玻璃心勿扰。

　　在朋友的分析下，我观察了身边的一些人，结果发现那些人缘不是很好的，大都有一颗玻璃心。他们身上总是满满的负能量，好像整个世界的存在都是为了为难他们，身边所有的人都对他们充满了恶意。但是他们并不知道的是，阳光那么好，谁会把时间浪费在为难你上啊！

　　其实说到底，玻璃心就是矫情，无休止的抱怨和小脾气，只会让身边的人对你更加反感。小时候你哭，爸爸妈妈会给你买玩具；上学之后你故意和家长冷战，他们就会满足你的要求；你耍小脾气无非就是想告诉别人，我脾气不好，你们都得让着我。但是社会上没有人有义务为你的坏情绪负责，到最后收拾残局的还是你自己。

　　你已经不是小孩了，你面对的也不再是事事顺着你的爸爸妈妈了，所以收起你的玻璃心吧，没用。

城南旧树

▶▶

　　槐花开得晚，但是来得迅猛激烈，往往是一夜间，槐树上就白了一大片，整个镇上都是槐花的清香。晚上若是安静的话，甚至能听到槐花开的声音。

　　今天和发小通电话的时候，发小说我最近说话的风格都有些怪怪的，张口闭口都是"站在世界中心呼唤爱"。我想了想，大概是最近熬鸡汤熬多了的缘故，说起话来都带着一股子鸡汤味儿。

　　于是下午和编辑商量了一下，这本书也快到结尾了，这次就不写鸡汤了，随便写点别的聊聊。编辑犹豫了一下，应允了。

　　在电影《厨子戏子痞子》里有一首歌，叫《送别》，歌词是李叔同写的一首词——长亭外，古道边，芳草碧连天，晚风拂柳笛声残，夕阳山外山。电影里是一个男明星唱的这首歌，但是我第一次听到这首歌是在电影《城南旧事》里。

　　小时候看《城南旧事》，看不太懂，就只记住了这一首歌和电影中的老北京。《城南旧事》中讲的是二十世纪二十年代的北京，离我小时候，差了八十年的时间和一千公里的空间。但是不知道为什么，看的时候，总觉得就是我小时候的事，大概是因为每一个在大院子里长大的孩子，童年都是相似的。

我小时候有很长一段时间都是跟着爷爷奶奶过的。那时候，周一到周五，就跟着爸妈在学校上学，到了周末或者寒暑假，爷爷奶奶就会把我接回镇上的老家住。

老宅子是很传统的一个独家院，堂屋坐北朝南，两边有东西厢房，院子左边是厨房和一个小房间。右边没有房间，但是有一条走廊，通往更大的一个院子。因为用不了那么大的地方，那个院子被爷爷奶奶当作菜园。

院子里面种有三棵树。一株一人环抱那么粗的椿树，在院子正中央，树干笔直，树冠遮天蔽日，若是到了夏天，整个院子都在它的树荫下。墙角种有一株桃树和一株枣树。桃树比较年轻，大概是在我父亲小时候种的。每年农历三月份的时候，便是满树桃花开，院子的角落里，整天会有蜜蜂飞来飞去。桃花快要开败，叶子才会长出来，每次到了这时候，红绿交映，才是院子里最缤纷的时刻。桃树的树枝伸出了墙外。桃子熟的时候，就会有附近的小孩在墙外，拿着河边砍来的竹子，打桃吃。

枣树是一棵歪脖树，根部的地方甚至是平行于地面的，又因为树干特别粗，走在上面几乎是如履平地。枣树没有椿树高，但是比椿树的年岁久，是在爷爷小时候，太奶奶亲手种下的。我小的时候，枣树已经因为年纪大的缘故，不怎么结果子了。每年八月十五，其他人家都打枣子的时候，我只能看着头顶上结的零星的几个枣子叹气。不过伯伯家也种有一棵枣树，树不大，但是每年果子都要把树枝给压断。每年到了打枣子的时候，伯伯就会把我叫过去，伯伯家的大哥拿着竹竿爬到树上，一边晃树干，一边用竹竿打那一串串的果子。我在下面拿着小筐捡。不过一般都是等大哥停了手里的动作，我才敢到树下捡，因为枣子从那么高的树上掉下来打在头上，还是有点疼的。

敢爬上这么高的树的男孩儿，大都是勇气可嘉的。在上面的有一个好处，就是可以把最好的枣子摘下来放进自己的口袋里，等到他们下来的时候，往往是嘴巴鼓鼓的，口袋鼓鼓的。枣子摘下来之后，伯伯会打来一盆冰凉的井水，把枣子一股脑儿倒进去，搅拌搅拌。等到水面再次平静下来的时候，伯伯就会把漂在水面上的枣拿走，这一部分已经熟透了，要放在房顶上晒成干枣子，冬天的时候熬粥喝。沉在水底的就是正好能吃的，青红相间，干脆香甜，在井水里放的时间久了，还会凉丝丝的。现在回想起来，仍然忍不住会咂嘴。

槐花往往是比桃花开得要晚些的，总是到了桃树结果子的时候，才初露头角。老家那边很少有人会在院子里种槐花，大概是因为槐树的名字，木字旁边有个鬼，大家都有忌讳的。所以那时候槐树大都种在路边或是河堤上。

槐花开得晚，但是来得迅猛激烈，往往是一夜间，槐树上就白了一大片，整个镇上都是槐花的清香。晚上若是安静的话，甚至能听到槐花开的声音。下了一场雨，槐花就可以吃了，最好是在刚开花的时候，直接摘下来就可以生吃，满口清香。家里的长辈每年都会去摘下来一筐一筐的槐花，带回来做槐花饼、槐花饺子，或者凉拌着吃。槐树的叶子折起来放在唇边，是可以吹出来声音的，清脆嘹亮。我记得那时候口技最厉害的小伙伴，是可以吹出来一首完整的曲子的。

河堤上除了槐树，还有我们叫"刺梅"的一种植物，总是攀附在河堤旁的大树上，长成密密的一堵墙。五月的时候，会有无数朵硕大的花朵，红的、粉的、白的、黄的，纠缠在一起。花茎上有刺，不小心是会被扎到的。我们这些小孩儿每次路过的时候都会摘上几朵，一路走一路撒花瓣。不过，往往是我们第一天刚摘过，第二天再来的时候，花架上的花却已经比昨天的还要多了。长大后回想起来，那时候我们说的"刺梅"，应该

越长大 越想回到小时候

是藤本月季一类的植物。

除了这些，还有做成"吹枪"的柳枝，可以用来当炮弹的"莲子树"等，数不胜数。

长大后，对童年、对老宅最清晰的记忆便是这些树，仿佛有这些树在，我的童年就在。

去年回到老家的时候，发现河堤已经硬化了。那些被当作"不良植物"的刺梅也被清除殆尽，院子里的枣树在停止结果子几年后，就寿终正寝了。桃树也因为越长越大，威胁到了院子的地基而被砍掉，唯有院子中央的那棵椿树，被爷爷留了下来。

曾经设想过，将来我若是有了孩子，也要让他在老宅里长大。那些记忆里的老树，我不想让它们就这样消失在时间里。我想让它从我的记忆里，长到我的后代的记忆里，一代一代传承下去。

这些树，应该可以叫一代人的根。

走失的白马

▶▶

1

李小言养了一匹白马。

那是一匹纯种的阿拉伯白马，有着强健的四肢和优美的身形。它总是甩着自己洁白的马尾，打着响鼻在她的门前踏步，有说不出的优雅。

那一定是这世上最美丽的生物。李小言这样想着。

前段时间李小言去医院住了几天。可是自从她从医院回来，就不见了自己的白马，她让老爸老妈去帮她找一下她的白马，可他们却叫她不要胡闹，老老实实待在屋里。

李小言决定去找回她的白马。她知道老爸老妈是肯定不会允许她这样胡闹的，所以这天晚上，她趁着老爸老妈睡觉的时候，偷偷从自己屋子的窗户逃了出去。

夜色很美，提着小皮箱的李小言忍不住哼起了歌。火车站离她家不远，但为了防止老爸老妈发现之后追出来，李小言还是打了个的。

火车站是这所小城唯一一个彻夜不眠的地方，或许是为了节省空间，这个火车站的候车大厅和售票窗口都在一个地方。李小言穿越地上横七竖八躺着的、即将远行的人们，来到了售票窗口。

"来一张离出发时间最近的，"李小言翻出了自己的钱包，"到终点站。"

售票员拿着她的身份证看了好几遍，才满脸问号地给她打了票。

火车很快进站了。这站上车的本来就没几个人，李小言的车厢里更是只有她一个人。有些困意的她挑了一个不前不后的位置，随便打理了一下就坐了上去，身子一缩，没一会儿就睡着了。

一觉醒来，天已经大亮，快要中午了。车里不知道什么时候已经上来了其他的人，李小言在自己的位置上解决了午饭，开始百无聊赖地翻看昨晚顺手塞进皮箱里的杂志。

她遇见了一个男孩儿白山。就像无数个小说中写的一样，那是一个穿着白衬衫的黑发少年，清秀的眉眼，带的都是满满的惆怅。

车头的座位上坐着好几个醉醺醺的酒汉，脱了鞋侧躺着，小小的车厢里全是令人作呕的脚臭味。面色苍白的白山就这样，面无表情地看着窗外，身子随着火车的前行轻微地晃动着。

李小言捏着鼻子，小心翼翼地绕开地上散落的瓜子壳和啤酒瓶，走向车厢头的卫生间。当走过白山的位子时，她无意间瞥了一眼，却正好看见他眉头一皱，弯腰就哇哇吐了起来。

车厢那头的一个醉汉此时醒了过来，面色不善地看了白山一眼，朝地上吐了一口痰，不干不净地骂了几句。李小言叹了一口气，只好走过去叫了乘务员来打扫，自己扶着白山去了卫生间。

"你说说你，这么小一个小孩儿，自己一个人出来，也没有大人跟着，还晕车……"一路上没有找到人说话的李小言此刻又恢复了她以前的喋喋不休，一边拍着白山清瘦的后背一边说道。

"我十九了。"白山从洗手池中抬起头，嘴角还带着些晶莹水珠，有些不悦地看着她。

李小言语塞，略带了狐疑盯着他看了好久，小声嘀咕着："那你这也长得太嫩了吧。"眼见他又有变脸的征兆，李小言立马知趣地转换了话题，"你这是要去哪儿？"

少年动了动嘴唇，最终还是冷哼了一声，一把推开她，大步走回了自己的位子。

"真是没礼貌的家伙。"李小言一怔，有些羞恼地跺了跺脚，随即径直走过他的座位，赌气似的不看他一眼，回了自己的座位上。

火车继续"哐当哐当"地行着，有些心烦的李小言塞着耳机，把音量调到了最大，两眼放空，也不知道在想些什么。

傍晚的时候，外面下起了大雨。火车的窗子上也因为雨幕变得一片模糊，只看见两边飞速逝去的树影，还有一丝若有若无的土腥味传进车厢。李小言看着看着，眼睛就开始慢慢眯了起来。

"喂，有晕车药吗？"

耳边突然传来的声音一下子把李小言的睡意吓得无影无踪。还没回过神来的李小言一抬头，就看到白山那张离自己只有五公分的娃娃脸。

受到惊吓的李小言习惯性地抓紧了自己手里的包，待看清是他后，这才放松了警惕，但立马又变得像一只炸了毛的猫："小屁孩儿，你要干吗？"

"借个……晕车药。"白山难得的脸红，支支吾吾道。

李小言冷哼一声："没有。"

"哦。"白山脸愈发的红，站起身来转身就要走。

"等等，"李小言翻了翻包，拿出了一包口香糖递给了他，"吃这个，应该会好些。"

刚刚还显得万分羞涩的白山立马毫不客气地接过，当即就剥开放进了嘴里，然后一屁股坐在了李小言的身边，开始闭目养神。

因为是个通往小城市的列车，又不是什么外出旺季，所以车子里也没什么人。李小言看了他一眼，也就默许了他坐在自己身边的这个事实。

"真是个奇怪的家伙。"李小言嘀咕道。

2

"你究竟要去哪儿？"实在忍受不了沉闷气氛的李小言终于打破了两人之间的沉默。白山已经这样闭着眼坐了三个小时了，中途火车停过几次，那几个醉汉也已经下了车。若不是白山的嘴在一直动，她真会以为他睡着了。

"不知道。"白山惜字如金。

李小言一听，立马打起了精神，正当她要接着问下去的时候，白山却自己睁开了眼睛，道："是不是觉得很奇怪，是不是很好奇？是不是很想问我为什么？别问了，问了我也不会告诉你。"

"你……"李小言没想到刚才还一副生人勿近模样的家伙竟然一口气说了这么多，但她也并没有表现出白山想象中的一副错愕的表情，而是得意地挑了挑眉，"想问你是为什么是真的，但是并没有觉得很奇怪。"

白山挑眉，难得地正眼看她。

"因为我也不知道我要去哪里啊！"李小言眨眨眼，一副人畜无害的样子

"切，"白山表示不屑一顾，"无聊的伪文青，以为随便坐坐火车再坐回来就变成小清新了吗？另外，这是特快，不适合你等，你应该找一个绿皮火车才对。"

李小言张了张嘴，呆了半天，最后只能恨恨地来了一句："你真狠。"

过了一会儿，她又好像觉得有些不太合适，于是解释道："我真的不是因为无聊才来的，我东西丢了，我得把它找回来。"

白山吸了吸鼻子，表示不感兴趣，把头转向了一边。

李小言讨了个没趣，于是裹了裹身上的衣服，往窗户边坐了坐。很快，下一站就到了。李小言买的是到终点站的票，当然可以在任何一站下车。想着和这个奇怪的家伙待在一起也只会更加尴尬，她只得收拾了东西下车。

只带着一只皮箱的她利索地下了车，外面还淅淅沥沥地下着小雨。李小言用力地呼吸了几口新鲜空气，走向站口。

"你要去哪里？"白山的声音又从她身后传了过来。

"你下次能不能别这么神出鬼没的！"李小言终于忍不住炸毛，一下子就蹦了有半米高，要不是手中的小皮箱拖累了她，她可能会跳得更高。

"我买的票就是到这里的，"白山无奈地耸了耸肩，"中途忘了下了。"

李小言懒得搭理他，拎起皮箱就转身离开，谁知白山站在原地踌躇了一会儿，再次跟了上来。天越来越黑，两个人这样走走停停，最终停在了一家小旅馆的门前。

"你难不成还要跟着我上去？"李小言头疼极了，如果再给她一次机会，她肯定不会再自找麻烦地去招惹他。

白山点了点头。

"那你有钱吗？"

白山理所当然地摇了摇头。

早就猜到的李小言要来了他的身份证，去前台处分别开了两间房，扔给了他一个房牌和钥匙，拎着自己的皮箱就要上楼。

"我还没吃饭。"白山捂着自己的肚子，眼巴巴地看着她。

李小言步子一顿，随即咬牙切齿地将箱子往地上一放，道："走！吃饭！"

3

小旅馆外面不远处就有一家烩面馆，李小言看了看自己钱包里已经为数不多的钞票，忍痛点了一大一小两碗烩面。已经是夜里十点多，两人顾不上细细品尝，飞速地解决掉了自己面前的烩面。

白山心满意足地拍了拍自己圆滚滚的肚子，跟着步履沉重的李小言走出了烩面馆。到了旅馆门口的时候，他却死活都不要进去了，非要李小言陪着他在旅店门口的台阶上坐一会儿。李小言此时已经接近暴走的边缘，但一想自己都忍了这么长时间了，再多忍一会儿好像也不是什么大不了的事情。

两人坐在那里有十几分钟，白山一句话也不说，一心想挑起话题的李小言喋喋不休地说了好多她认为很有意思的事，换来的却全都是白山"嗯""啊"之类敷衍的语气词。

就在李小言实在是忍不住，要起身回屋的时候，白山说话了。

"听听我的故事呗？"白山抽了抽鼻子，寒冷的夜风让他忍不住打了个寒战，"我以前可是个不良少年。"

李小言身子一僵，开始上下细细地打量着他，很难想象这么一个看上去弱不禁风的家伙，以前居然是个不良少年。

"我爸妈在我很小的时候就出去打工了，我一直跟着外婆生活。在我上初中之前他们还会每个月给家里打些钱，可我从来没有见过他们。"

"没什么不好的。我听说，老人带大的孩子心地都会很善良。"上一秒钟还怨气满满的李小言此刻已经完全被自己迸发的母性攻陷，她伸出右手抚了抚他的肩，就像是安慰自己的弟弟。

"后来，他们不往家里打钱了，也再也没有回来过，"白山将自己的脑袋埋在两腿之间，紧接着又抬起来，眼角红红的，"我知道，他们抛弃了我和外婆。"

李小言沉默，她真的不知道，自己现在应该如何去安慰这个脆弱到极点的小孩儿。

"上初中的时候，我每天都会回到家里陪着外婆，围着那张有些潮湿的小木桌吃饭。外婆总是穿着褐色的衣服，笑眯眯地坐在胡同口等着我放学回家。她走路很慢，总是慢吞吞地跟在我后面，偶尔叫我的名字，也不管我是否应声。"

他说这些的时候，脸上带的都是暖暖的笑意。

"外婆家背阳。夏日，那里便是少有的清凉之地，门口大大的阔叶树会投下大大的影子，把外婆家围成小小的绿荫。要是到了冬日，细心的外婆就会在屋里铺上一层细细的软软的沙子。吃饭的时候，她就将那盏小小的橘黄色的娃娃灯打开。灯光很软，洒在我们两个人身上，很暖和。"

夜风愈来愈大，白山却像什么都不知道一样，絮絮叨叨讲述他的故事。

"高二那年，我又逃课了，外婆接到了班主任的电话后，一个人在夏日的正午匆匆赶往学校。那天是三四十度的高温，就在离学校不到五百米的地方，外婆的心脏病犯了。她胸口的左口袋里就有速效救心丸，可是她却死在了人来人往的大街上。"白山的声音越来越小，最后变成了一声声若有若无的抽泣声。

李小言只能默默地递给他纸巾。她能想象得到，一个七八十多岁的老人顶着烈日走到学校是如何艰辛；她能想象得到，老人在试图拿出口袋里的药时是如何的痛苦；她能想象得到，在那么多漠然的眼神中，老人是如何停止呼吸，停止心跳；她也能想象到，当白山抱着老人渐渐冰冷的躯体时，有多么恨自己。

"可是她不知道啊，我逃课是为了去很远很远的市区买能治好她风湿的药。"

"她到离开这个世界都不知道，她的外孙有多么爱她。"

4

白山说，外婆死后，他的爸爸妈妈曾回来过一次，料理了外婆的后事之后便又离开了，只留给了他一张银行卡，每个月定时给他打钱。钱不多，但是够用。自那以后，变得老实了许多的白山安安生生地上完了高中，高考之后才离开了那个他生活了十九年的城市。

"那你现在是去找你爸妈吗？"李小言已经收拾好了包，站在了旅店的门口。白山揉着惺忪的睡眼，满脸怨气地跟在她身后，全无昨晚颓废的样子。

"不，我来找我的外婆，"白山伸了一个懒腰，李小言这才意识到这个长着娃娃脸的家伙比自己高了整整一头，"我记得外婆以前和我说过，她的家在一个叫汲滩镇的地方，但我从来没听说过有这个小镇，但外婆说过，顺着铁轨，一直往南走就是了。"

"我想看看，外婆口中的那个温暖的小镇，究竟是什么样……"

李小言正在仔细听他讲，却突然发现他停了下来，于是便抬起头，正看见他一脸呆滞地望着前方，眼睛瞪得有鸡蛋那么大。李小言顺着他的目光看过去，只见两人昨夜住的小旅馆前方，伫立着一块大大的古典牌坊，上面刻着四个遒劲有力的大字：古镇汲滩。

"没这么巧吧？"李小言咽了口唾沫，结结巴巴道。应该是昨晚两人下火车的时候已经夜里了，再加上周围没什么路灯，所以两人到今天早上才发现自己住的地方竟然就是白山要找的汲滩镇。

"接下来怎么办？"李小言问他。

"接下来……"白山脸上的欣喜还没下去，就立马呆在原地，"是啊。接下来干什么呢？"他知道外婆是在这个小镇长大，他现在来到了这个小镇，可那又怎样呢？外婆已经去世了，他来到这里又有什么用呢？

李小言见他面色不对，立马就知道自己说了不该说的话，于是一转身牵住了他的手，半拖半拽地走出了旅馆的大门："走啊，先到处转转再说。"

白山身子一僵，却还是没有抽开手，任由她拉着自己往镇里面走去。

很普通的一个小镇，低矮的楼房，不太宽的街道，早上四处叫卖的生意人也充满了市井之气。一切和白山想象中的都有很大区别，没有绝美的风光，也没有浓厚的历史氛围，完全就是普通得再也不能普通的小镇。

　　白山有些失望，这跟他的预想完全不一样。李小言一言不发地跟在他的身后，低着头也不知道在想些什么。小镇上的人还是很勤快的，大清早的基本上家家户户都开门了，有些早餐小摊也已经摆好。李小言走了两步，突然顿住，别着身子看向路边的一家小摊。

　　"胡辣汤"三个字刻在有些褪色的招牌上，店主是一个四十多岁的女人，围着围裙在忙活。白山随着她看过去，也是一怔。

　　"外婆跟我说过……她以前经常做给我吃。"

　　李小言一听，立马欢天喜地走了过去，坐在了右边的椅子上，招呼白山过来。白山一笑，过去盛了两碗胡辣汤，端到了她的面前。

　　李小言低头一看，洁白的瓷碗里盛着满满一碗灰褐色的黏稠状液体，里面还有各种看不出原样的食材，看上去实在是让人提不起食欲。白山

却是将鼻子凑近深深地吸了一口气，食指大动，毫不客气地享受着美食。

"你怎么不吃？"已经快把碗里的汤喝完的白山抬起头来，看着没有任何动作的李小言。

"你确定这能吃吗？"李小言有些不可置信地指了指碗，边说还边摇头。

"你尝尝就知道了，和我外婆做的味道一模一样！"白山将碗往她面前推了推。

李小言犹豫了半天，最终还是捏着自己的鼻子，十分别扭地喝了一口。果然不出白山所料，李小言在接下来的两分钟内飞快地将自己面前的胡辣汤给喝得一干二净。

"你怎么哭了？"李小言擦了擦嘴，一抬头就看见白山看着她，眼睛红红的，明明是刚刚哭过，却带了怪异万分的表情看着她。

"我想起了外婆啊！"白山此时的表情十分纠结，在李小言看来，就是左半边脸想笑，右半边脸想哭。

"你怎么流血了？"白山终于忍不住笑了出来。

李小言这才感觉到脸上的异样，手往脸上一抹，再一看，满手的血。白山把她拉起来去了店家的后院，手忙脚乱地洗了洗。

"我吃到外婆说的胡辣汤之后哭了情有可原，你这又是哪出？"白山无奈地坐在她面前。

"我也不知道，可能是火气太大吧。"李小言没心没肺地一笑，自己也没有放在心上。

"你还没告诉我你来是干吗的？"

"找我的东西。"

"以前旅游的时候丢的东西吗？"白山一副你是傻瓜的表情看着她，"怎么可能找得回来？很重要吗？"

"很重要的东西，"李小言重重地点了点头，"我不知道它跑到哪里了，但是我一定会找到它。"

"活的？"白山一怔。

"一匹白马，我的白马。"

5

白山要回去了。

他未曾告诉李小言的是，他来这里并不是仅仅为了到外婆的家乡看一看。他曾固执地认为自己活着的意义，就是完成外婆让他考上大学的遗愿。现在他完成了，就可以回到这个小镇永远地陪着她。

人们都说魂归故里，白山相信外婆一定就在这座小镇里，他宁愿在这里当一个潦倒困苦的理发店学徒，也不愿到一个陌生的城市去过旁人看来前途光明的生活。

"这个小镇蛮漂亮的，但是真的不适合你，"李小言对他说，"如果你一直怀念过去，那么你也将失去未来。"

"哈哈——"李小言一本正经地说完这句话之后立马没有形象地大笑起来，"我是不是有点鸡婆？不过说真的，人总是要向前看的，不往前走走，你怎么知道将来的日子是什么样呢？"

他决定回去。虽然那个小城没有外婆，没有爸爸妈妈，但毕竟那是他生活了将近二十年的地方，有他的朋友、老师，有他青葱时代的记忆。

姑且将那里称为他的"家"。

但是在离开之前，他要帮李小言完成一件事——找回她的白马。

李小言口口声声说自己的白马往南边跑了，但是她也不知道白马究竟跑到了哪里。

"那你的白马究竟长什么样？"白山问她。

"就是……很白啊，马的样子。"李小言支支吾吾半天，也说不出个所以然来。

没有坐标，没有特征，白山表示很无奈："你要搞明白，你这匹马，是什么时候走丢的。而且马不像火车，它不会按照既定的轨道跑，中途拐弯了也说不定啊！"

李小言没回答他，而是默默提着自己的小皮箱，开始挨家挨户地问。

"打扰一下，请问您有没有看到一匹白马？"

"啊，这样啊，不好意思打扰了。"

…… ……

看不下去的白山终于拉住了她："你这样找到什么时候？"

"要不然？"李小言歪着头看他。

"我们可以贴一个'寻马启事'啊！"白山眼睛一亮，也不顾李小言是否同意，拉着她就往不远处的一家复印店跑过去。

一个小时后，李小言和白山拿着一沓"寻马启事"从复印店走了出来。

"没钱了，"李小言翻了翻自己的钱包，"我们得买车票回去，要不然就得饿死在这里了。"

白山点了点头，他本来想的就是在火车上发"寻马启事"，说不定乘客或者乘务员见过。

两个买了票之后身无分文的家伙坐上了返程的火车。李小言和白山兵分两路，以两人的位置为原点，李小言向左，白山向右，一路派发"寻马启事"。

"终于快发完了。"白山抹了一把头上的汗，看了看手里已经所剩无几的纸，也是颇有成就感。

本来就是盛夏，中午的时候更是热到不行，白山看旁边有一个空位子，就顺势坐了下去。他打开随身带的水杯，正准备喝水，却看见乘务员慌慌张张地从前面的车厢跑过来。

"你和那边发传单的小女孩是一伙儿的吗？她刚才突然晕倒了，你快去看看。"中年的乘务员气喘吁吁，看上去十分紧张。

6

李小言的父母很快赶到了医院，他们到的时候白山就在病床前，李小言还没有醒过来。她的父母对白山的帮忙表示万分感谢。

"我们这几天正忙着找她，多亏了你呀，要不然指不定会出什么事呢？"李爸爸看上去十分憔悴，紧紧握着白山的双手。

"她……以前就有病吗？"白山小心问道。

"是啊，从小身体就不好，一年前又查出来……在医院住了一段时间，医生就让我们把她领回家了，所以她才能跑出来。"

"治好了？"白山低头看着病床上面色苍白的李小言。

李爸爸摇了摇头，叹了一口气，什么也没说。

"那你们应该去帮她找她的宠物啊。要不是你们不帮她，她怎么会自己一个人跑出来呢？"

"什么宠物？"李爸李妈同时问道。

"她不是养了一匹白马吗？"

李爸爸一听，苦笑着用手指了指自己的脑袋："自从她得病之后，这儿就变得有些不清醒了。我们住的是单元房，从来就没有养过什么白马。"

"我以前倒是听她说过，但一直以为药吃多了脑子不太清醒，所以一直没当回事儿……谁知道她竟然自己跑出去了，"李妈妈也摇头，"等她醒过来我就跟她说清楚，从来就没有什么白马。"

"治愈的可能性大吗？"白山突然问道。

李爸李妈不吱声了。

"那还是不要告诉她好了，就当白马真的存在过。"白山看了她一眼，转身离开了病房。

李小言挣扎着从医院回到了家，她不喜欢医院里消毒水的味道，更不喜欢和一群将要死去的人整日住在一起。

"吃了药，等病好了就能出去了。"妈妈这样和她说。

"好好吃药，医生说好好配合治疗，还是有很大希望的。"爸爸这样和她说。

她又不傻，自然知道是怎么回事。但让她感到欣慰的是老爸老妈向她承诺，只要她好好配合，他们就一直帮她找她的白马。

白山在这里待了一段时间就离开了，他要去找一份暑假工。毕竟到了大学，只靠父母寄过来的那点钱可不够养活他自己。

人总是要向前看的，不往前走走，没人知道将来的日子是什么样。

李小言曾经说过，如果有一天她的病情真的控制不住了，那她也一定要坚持，至少自己要在春暖花开的季节死去，至少要等到她的白马归来。

可是她食言了。

李爸爸给白山打电话的时候，他正在一家餐馆端盘子。他没有想象中的那么难过，有些奇怪的是，他还有些为李小言感到高兴——至少在那个世界，所有的人都会相信她真的有过一匹白马。

李小言带着她的理想在凉风满城的夏夜里死去，她的白马始终没有找回来，但白山从未怀疑过她的白马是否真的存在。

　　就像那个夏天在火车上的偶遇，她给了他一个走下去的理由，他应当还她一个被承认的坚持。

　　有些人，哪怕只是萍水相逢，也能在彼此的生命里留下惊鸿一笔。

　　白山想，她一定会在天国找回自己的白马。

久作长安旅

▷

1

唐渔从未想到，自己再次见到叶长安会是在这样一种让她惊讶到甚至有些措手不及的环境中。窗外的绿意几乎要透过窗子探进来，蝉叫声一声比一声刺耳。叶长安半眯着眼逆光坐着，脸色白得像他手中的画纸，长长的睫毛微微抖动着，仿佛并没有注意到她的到来。

金发碧眼的医生说着不太标准的英文，唐渔费了好大的劲儿才勉强听出了几个单词——重伤、流浪和精神错乱。

这些字眼怎么会与那么干净的他有牵连呢？唐渔只觉得自己的胸口堵了一大团潮湿的棉花，憋得难受，可又说不出一个字来。她下意识地抓住了身旁千山的手。

洁白的被罩有些刺眼，叶长安骨节分明的手指紧紧抓住自己的画板，放在自己腿上的被子上。唐渔走近了些，才看到他的画纸上，只有一片用铅笔一遍一遍狠狠描过的阴影，狰狞得吓人。仿佛是被唐渔的脚步声吓到，叶长安颤了一下，慌乱地睁开了眼睛，身子往后缩了缩。

他已不认得她。那个曾在零下六度的冬夜大街上抱着她，信誓旦旦地说要护她一世周全的叶长安，不认得她了。

当飞机引擎的轰鸣声停止的那一刻，唐渔就知道，自己丢弃了多年的回忆，将会带着它多年积攒下的怨气再次回到她的世界。

她顾不得休息，就和千山匆匆赶往巴黎西南郊区的一家医院。几天前，还在国内给小学生上课的唐渔突然就接到了来自法国的越洋电话。她曾一度怀疑那是新兴的诈骗手段，也一直没有理会，直到那个不厌其烦给她打电话的法国女护士把电话给了另一个人。

"小渔儿……"

唐渔怔在原地，电话的那头，也没了动静，只剩下沉重的呼吸声。

很熟悉的声音，却又陌生到骨子里。千山也大概猜到了那个人的身份，他订了最快的一班飞往法国的机票，什么也没说，简单地收拾了下行李，就拉着她赶往机场，

是叶长安，那个陪着唐渔度过了她最好的年纪的男生，那个她曾经以为会和自己共度一生的男人。

医生告诉她，叶长安是当地的警察局送来救治的。半个月前，昏迷的他被发现在郊区的一处高速公路旁边，浑身赤裸，遍体鳞伤。接到群众报警的警察很快将他送往了医院，依据医生的体检报告显示，他在昏迷之前被车子撞过，但是没有大碍，真正让他陷入昏迷的是绝望。

生无可恋的绝望。

警察通过调查，得知他就住在不远处的一个镇子里，以卖画为生，在这里没有一个亲人。听镇上的人们说，他向来独来独往，不与人交流。而唐渔的联系方式是在他居住的地下室里的墙上发现的。

他醒来之后，就是现在的样子，谁说话也不理，只是拿着自己的画板，不停地画一些谁也看不懂的画，但好在身体没什么大碍，于是医院就把

他转到了现在所在的精神科。

"长安。"唐渔试探着叫了他一声。

叶长安茫然地转过头来，盯着她。唐渔也看着她，希望他能有一点儿反应。过了好久，叶长安依旧是茫然无措的样子。她暗叹一口气，正准备转身，却没想到刚才还像个木头人一样的叶长安突然身子往前一探，抱住了她，把自己的脑袋埋在了她的腰间，像小孩子一样哽咽了起来。

千山忍不住往前走了一步，却又一顿，退了回来。

唐渔犹豫着，慢慢抚上了他那清瘦得可以摸得着骨头的肩膀，突然间鼻子一酸，怔怔地就流出两行泪来。

2

叶长安从来就不是一个本分的人。

所以当他大中午抱着吉他在女生宿舍楼下，深情地唱着《丁香花》的时候，包括唐渔宿舍在内的女生宿舍都毫不犹豫地将窗户给紧紧地关上。

那时正是盛夏，没有空调的女生宿舍一到了正午，都会又闷又热，唐渔带着宿舍全体姐妹的期望，到学校的超市去买了一大包的冰激凌。在她进门的一瞬间，宿舍所有的人都不顾形象地扑了上来。

"呀！"

唐渔心疼地看着一份掉在地上的香草冰激凌，想要捡起来，却又不知如何下手。"早说过不要抢了，现在好了吧，浪费了一个。"

她弯下腰，小心翼翼地拎着包装盒将地上的"一摊"冰激凌给拾起来，打开窗子随手就扔了下去。

"便宜楼下的蚂蚁了。"她拍了拍手，道。

"唐渔，"舍友心惊胆战地戳了戳她的腰，"你上楼的时候没有看

● 生如夏花般绚烂

到什么吗？"

"没有啊，怎么了？"唐渔满是疑问，顺着窗子探出头去，正好看见叶长安仰着个湿淋淋的脑袋，满脸怨念地望着她。

完全没有丁点与文艺美好相关的初见。

唐渔本想着道个歉就完了，大不了帮他洗一洗衣服，可哪知道这家伙竟然死皮赖脸地缠上了她，非要让她请他吃饭，而且还是三顿。

"这样不太合适吧？"唐渔很是头疼，"你在楼下唱情歌肯定是给你女朋友听的，现在你单独和我出去吃饭，被她看见了是不是不太好……"

"我没有女朋友啊！"

"那你在女生宿舍楼下唱歌给谁听？"

"逮到哪个算哪个啊！"叶长安理所当然地回答。

听到他这么回答，唐渔也就放心地拒绝了他的要求。这种人请他去吃饭那才是真的作孽，说不定他会顺着自己这根藤摸到自家宿舍里的某个瓜。她可不想把自己的姐妹推到火坑里。

3

在一所理工类大学里面，会弹吉他是一件很厉害的事情，更不用说这个弹吉他的最擅长的是画画，长得也人模狗样的。

不会弹吉他的画家不是一个好帅哥。

这是叶长安的口头禅。唐渔一直纳闷儿的是，这么一个全能帅哥竟然到现在还是单身。直到她的闺密曾经告诉她，这个世上的帅哥分为两种，一种是已经有女朋友的，一种是已经有男朋友的。

"你不会是……"唐渔张大了嘴巴，"故意拿我来打掩护的吧？"

叶长安满头黑线。

后来叶长安告诉她，他那天在女生宿舍楼下唱的情歌，就是给她听的。而那个飞到他脸上的冰激凌，纯粹是一个美丽的巧合。

这世上的男生总是会说千般的甜言蜜语，这世上的女生也总是会相信他的巧舌如簧。特别是在这个男生长得不错的前提下。

从那天以后，叶长安便有事没事都来找她，吃饭要陪她一起，上课要陪她一起，就连她去买生理用品，他都要贼兮兮地跟在她身后。不过好在他除了偶尔行为不靠谱一点儿，其他方面倒还好，学习不错，又多才多艺，最重要的是长得帅。

叶长安和唐渔真的越走越近，唐渔后来时常会想，自己总是防着叶长安顺藤摸瓜，却没想到最后把自己给折进去了。

叶长安有一个很宝贵的箱子，一直都上着锁，唐渔好多次要看，都被他以各种理由搪塞过去了。

永远不要小看女人的好奇心，谁也不知道唐渔究竟是怎样威逼利诱的，反正最后叶长安在一个午后老老实实地打开了那个陈旧的箱子。

里面是一幅素描画，也许是在里面关了很长时间的缘故，拿出来的时候唐渔分明闻到了一股发霉的味道。画画的人虽然手法有些稚嫩，画上也有许多反复擦除的痕迹，但依旧可以很清楚地看出画中女孩的清秀靓丽。

"那是……"叶长安吞吞吐吐，半天说不出一句话来。

"初恋就初恋呗，"唐渔对他的小家子气表示十分不满，"谁没有几个前任？藏着掖着的，一点儿也不像一个男人。"

叶长安只是尴尬地笑笑，没有接她的话。

"给我也画一幅，放在她的上面。"

唐渔如愿以偿，叶长安很快给她画了一幅半身像，用的是上好的铅笔画用纸，画中的她坐在窗子旁，眉目里满满的都是欢喜，漂亮得有些让她自己都认不出来。

比箱子里的那个女孩儿更漂亮。

"小渔儿，我们去法国吧。"叶长安把她的画小心翼翼地放进箱子里，锁上之后，转过身来，一本正经地对她说。

4

叶长安是真的铁了心要去法国。用他的话来说，他这么一个富有艺术细胞的人，只有在一个艺术气息浓厚的国度才能发挥出自己的艺术才能。

都说法语是这个世界上最美的语言，可此时抱着法语书没日没夜地背着单词的唐渔并不觉得这门语言美在哪里。临近毕业的时候，同学们都忙着找工作或是考研，只有他们两个仿佛是回到了高中，每天早上都要从被窝里爬出来背单词。

"你看啊，"叶长安凑到了她面前，近得唐渔都能看见他脸上的每一个毛孔，"法语真的是世上最美的语言，要是现在我在用法语和你说话，你的脸上就不会有唾沫星子了。"

"你真恶心。"唐渔嫌弃地避开他，用手抹了抹脸，往长椅左边挪了挪。

叶长安坏笑看着她，也不说话。

有些困乏的唐渔将厚厚的法语书放在自己的腿上，仰着身子躺在长椅的靠背上。夏日的阳光有些刺眼，但透过厚密的树冠，已经所剩无几，难得有阵阵微风，倒也算惬意。旁边还不时传来叶长安嘟嘟囔囔的背书声，唐渔甚至有了几分睡意。

其实这样也挺好的，哪怕不出国，她心想着，却还是敌不过打架的双眼皮，终于沉沉地睡去。

唐渔的父母并不赞成她和叶长安一起出国，毕竟是在异国他乡，两个人又不懂法语，万一找不到工作，岂不是要到街上去要饭了。

可很快叶长安就得意地告诉她，自己拿到了巴黎一家设计公司的offer，在时尚之都巴黎当一位设计师是很值得骄傲的一件事。唐渔从未怀疑过叶长安的话，两人在毕业典礼的第二天就买了飞往巴黎的飞机票。

事实证明，永远不要相信一个可以在女生宿舍楼下抱着吉他唱情歌的男人。

到达巴黎的第二天，叶长安就带着唐渔去了奥赛博物馆，他说那里有他最喜欢的画家的作品。唐渔对这些并不感冒，她感兴趣的只是附近一家甜品店里看上去很棒的冰激凌。

在接下来的一个礼拜里，他带着唐渔转遍了巴黎所有著名的景点。一直到花光他们身上带的所有钱的时候，叶长安才哭丧着脸告诉她，他其实并没有找到工作。

夏夜没有半分凉意，可唐渔却觉得有些手脚冰凉。这里不是国内，没有亲戚，没有朋友，花光身上所有的钱就意味着他们会流落街头。

"这叫置之死地而后生。"叶长安的脑子总是和正常人的不一样，他信誓旦旦地向唐渔保证，明天绝对会找到工作。

5

机会多的地方往往人才也更多。叶长安用他的经历证明了新出道的设计师在巴黎是很难找到工作的。

确切来说是对口的工作。因为当天下午他就非常轻松地找到了一份中餐厅服务生的工作。

“这只是一个跳板，当务之急是先找到一份工作，顾住温饱，”叶长安看起来对这个临时居住的地下室还比较满意，“我会找时间去一些设计公司求职，一旦找到工作，我们就从这里搬出去。”

唐渔没有表现出任何不满。初入异国，难免要吃一段苦，她早就有过心理准备。

叶长安上班的那家中餐厅离他们住的地方很远，并且住所周围就有好几家中餐厅。唐渔问他为什么不选择就近的餐厅，他却只是笑笑不说话。

唐渔会在闲暇的时候去中餐厅帮忙，日子久了，她才发现，这家餐厅有一位常客，总是坐在靠窗的位置，背对着收银台。她有数次来的时候，都看见叶长安坐在那里和她聊天，彼此之间的熟稔，就像是多年的老友。

“那是你们老板娘吗？背影看起来挺年轻的。”唐渔朝着那位客人坐的位置看去，笑道，“你们以前就认识？怪不得这么容易就找到工作了。”

叶长安不自然地笑笑，显得有些紧张。唐渔见他这样，眉头一挑，起身朝那个女人走过去。

叶长安远远地只看见两人谈笑风生，没有半分他预想中的不和。

一杯茶的时间，唐渔起身朝他走了过来。

“她叫杜晴是吧？”

叶长安不安地点了点头：“不是你想的……”

唐渔伸手打断了他的话：“我没有那么想。”

叶长安张了张嘴，终究没有说些什么。

他不会认为唐渔什么都没发现，毕竟岁月并没有在杜晴的脸上留下明显的痕迹，就像他画的那幅画一样，清秀，靓丽。

唐渔不动声色地离开了餐厅，叶长安看不出她是喜是怒，整个白天也是忐忑不已。

唐渔的生活并没有因为这个意外的发现而有所改变，倒是叶长安，显得焦虑不安。晚饭的时候，他便开始喋喋不休地向唐渔解释，自己发现杜晴在那里只是一个意外，他也并不是为了杜晴才来到法国。

唐渔始终缄默，不发一言。

叶长安心里越发地虚。

可就在那天晚上，唐渔突然趴在叶长安的耳边，轻声道："长安，我信你。"

6

叶长安把越来越多的时间放在餐厅的工作上。他回家的时间越来越晚，往往都是倒头就睡。画笔和画板已经很久都没有动了。只有在天气好的时候，唐渔才会把他的画具拿出来，放在草地上好好晒晒。

小渔儿，我一定要好好干，等我做到餐厅经理，咱们就能搬出这个地下室。他总是这样在唐渔的耳边念叨着，每每当唐渔提起他最初的理想，他总会笑呵呵的一句带过，仿佛那个曾经立志做国际一流设计师的人跟他没有半毛钱关系。

唐渔提的次数多了，他便会不耐烦地回答，理想终归是理想，喂饱肚子才是最重要的。

唐渔终于不能再说些什么。

法国的周末总是显得十分慵懒，但叶长安所在的餐厅还要加班。中午的时候，他想着要和唐渔一起吃饭，于是便坐了公交赶回了社区。

快走到社区门口的时候，他便远远地望见自己租住的地下室附近围了一大堆人，待他走近了才发现，是唐渔将他以前画的画用画框裱好，

一幅幅都挂在了门前的绳子上。

"这是我男朋友的作品，他以前是个画家，"唐渔用着不太熟练的法语，断断续续地向面前的一帮人解释着，"但是现在他在一家餐厅工作，我想让大家看看他的作品，给他一些鼓励，这样他就能……"

唐渔突然看见了人群外的叶长安，眼睛一亮，随即大步跑过来，拉着他走到了人群中央道："这就是我男朋友，叶长安，他……"

就在这时，唐渔又一次顿住了，因为她看到，一袭白衣的杜晴就拎着包，站在不远处。叶长安顺着她的目光望去，正好看见杜晴慌忙闪躲的背影。

叶长安突然就发了怒，他一把扯下身边的绳子，挂在上面的画框"咣咣当当"掉了一地。刚才还围在这里议论纷纷的法国妇女们一下子便散开了，用看怪物似的目光打量着他。

"你不嫌丢人吗？！"他咆哮着，一脚踢开了脚边的一幅油画，"非要把自己不可能实现的白日梦拿出来让别人嘲笑才好？我去餐厅打工还不是为了让你……"

唐渔瞪大了眼睛，一动不动地看着他，过了好久，硕大的泪珠才一颗颗从她的眼角掉下来。她抬起袖子抹了抹眼泪，突然转身跑进了屋子。

叶长安怔在原地，许久才回过神来，默默地弯下身子去拾刚才掉在地上的画。

唐渔抱着他最宝贝的那个破箱子跑了出来，可能是情绪过于激动，她用了很长时间才把钥匙插进锁孔里，打开了箱子。

"啪！"

她将箱子甩到了叶长安的面前，空荡荡的箱子里只放着那幅杜晴的素描像，在阳光下显得分外破旧。

"为了我，我在哪里？"

7

　　唐渔单独见了杜晴。究竟学校里那个满腔热血的叶长安是真的，还是现在这个没了追求的叶长安是真的，或许杜晴是最有发言权的人。

　　"我不明白你来这里是为了追求什么，"或许是在法国生活得久了的缘故，杜晴说起普通话来也是干脆利落，"住着地下室，在餐厅打着工，就为了感受巴黎的风情？我这次来只是为了劝你们回去。"

　　"不是我说话难听，叶长安的水平，在学生里看起来还不错，但要是想在巴黎找一份设计的工作，我只能送他两个字：呵呵。"

　　杜晴说话的语气很平缓，可她高高在上的姿态让唐渔感觉到了从未有过的尴尬和难堪。

　　杜晴告诉她，自己上大学就在法国，毕业之后留在了这里工作，蓝颜知己是当地的一个镇长的儿子。如果没有意外的话，她可能不会再回国了。

　　叶长安要不是在这里遇见了她，可能连这份服务生的工作都找不到。

　　别人的国外生活总是充满了异域风情，而我们的生活总是数不完的狼狈与不堪。

　　她在这里没待多久就走了，可那天晚上唐渔整夜无眠。

　　叶长安和唐渔到巴黎后来的第一个景点就是奥赛博物馆，最后分开的地方也是这里。他们来到这里已经一年半了，从最初的满腔热血到后来的心灰意懒，再到最后的习以为常。或许连叶长安自己都忘了，自己最初来这里的目的是什么。

"我来这里真的不是为了见……"他欲言又止，低着头绞着自己的衣角。

唐渔出奇地平静，她早就买好了回国的机票，可叶长安在她临走的前一天晚上偷偷藏起来她的护照和机票。

寒冬的阳光十分暖和，唐渔就坐在博物馆的地上，默不作声。或许一步步将就下来，并不觉得自己现在过得和理想中有什么区别，可一旦将往日想象中的和现在所处的赤裸裸地拿出来比较，一切就会显得那么讽刺。

她想要的是一个有梦想有拼劲儿的人，是一份有盼头的日子，而不是住在巴黎的地下室，做着餐厅的洗碗工，日日对着一个心怀异梦的人。

就像温水煮青蛙，青蛙到死也不会知道自己最初和最终会相差那么多。杜晴的出现就像狠狠地给了她一个巴掌，让那锅温暖的水瞬间变得滚烫无比。

"对不起。"他终于站起身来，将攥得发皱的机票和护照放在了唐渔的面前的地上，"你自己决定。"就像一年多以前她义无反顾地随着叶长安来到法国一样，这次她毫不犹豫地飞回了祖国。

她也会时常有负罪感，就好像是自己丢掉一只小猫一样，把叶长安留在了法国。但是后来听朋友说，他辞掉了餐厅的工作，做了专职画家，再后来，他搬出了那个他们一起生活了一年半的地下室。

再后来，他和国内的朋友逐渐断了联系——她再也没有听过关于他的消息。

他应该过得很好。

这是主动提出分手的那一方习惯性做的美好假设。

千山是她的高中同学，高考考到了国内的一所一流大学，毕业后去了一家国企做高官。唐渔出国后两人就断了联系。这次回国，她的高中同学给她接风洗尘，千山就在。

唐渔从不知道自己眼里的这个学霸以前居然暗恋了她那么多年，所以当千山开玩笑似的跟她讲起的时候，她只能尴尬地笑笑。

聚会过后，千山留了她的联系方式。就像所有的故事一样，后来的一切一切，顺理成章。

8

事实证明叶长安的心理承受能力的确很强，一个月之后他就恢复得差不多了。对于唐渔这段时间的照顾，他并没有表现出任何特别的情绪，就连生病的时候少有的亲近，也不再出现。

他只是变得更加沉默。

不管哪个人，被别人看到自己最不堪的时候都会感觉到难为情吧，更何况还是自己念念不忘的她。

千山始终没有发表任何意见，但学校又打电话催唐渔回去，叶长安依旧决定留在法国。

生命中最不堪回首的地方，也是最能让人成长的地方。叶长安这样告诉她。

他或许是在说法国，或许是在说过去，唐渔也不确定。但在她走之前，她要独自去一个地方。

这是巴黎西南郊区的一个小镇，驱车到市中心也不过一个小时。镇上的少女都是法国人常有的高挑靓丽，踩着高高的鞋子，说笑着走过铺满落叶的大马路。唐渔挎着包跟在人流的后面，突然就停住了步子，失神地往后望了望。

金黄的落叶带了几分落寞的味道，在空中挣扎了半晌才不甘地落下，压住了地上的落叶，发出一丝细不可闻的声响。或许就像是这样的秋天吧，唐渔惆怅地叹了一口气，重重的鼻息在嘈杂的林荫道里回响成一道不可名状的悲凉。

她曾经的满腔热血，就像这命数已尽的落叶，说走就走，容不得半点苟延残喘。

奥赛博物馆正好今日闭馆，身后的塞纳河波光粼粼，唐渔把自己的脸紧紧地贴在了博物馆的玻璃门上，丝毫没有在意自己的精致妆容已经染在了冷得刺骨的玻璃上。

《蓬图瓦兹：埃尔米塔日的坡地》是毕沙罗晚年最成功的一件作品，就摆在展厅的最中间，透过那算不得厚重的玻璃，正好看得一清二楚，土灰色的房屋，弓着腰的老农，还有两棵光秃秃的树木。

那也是他最爱的一幅画。

博物馆里面高大英俊的保安奇怪地看着这个趴在玻璃上哭得一塌糊涂的女子，走过来拉上了卷帘。

唐渔从包里拿出了纸巾，抹了抹眼泪，转身迈进了不远处的一家甜点店。

"Deux verres de glace, Merci.（两杯冰激凌，谢谢。）"她习惯性地伸出了两只手指，却又顿在了原地。她也快要忘记，带着自己过来看名画的那个人已经不在了。当年那个甜品店里冷冰冰的法国少女已经变成了一位富态的太太，她笑着将两杯冰激凌递给了唐渔。

唐渔只好接下，出了门，又走回去坐在了博物馆的门口。旁边是一位拉着手风琴的白发老爷爷，唐渔将左手里的冰激凌递给了他。

老爷爷笑了笑就接了过来，用着蹩脚的中文说了一句："谢谢。"

唐渔深吸了一口气，初秋的冰激凌比她想象中的要刺骨。她只觉得太阳穴隐隐作痛，就像是有人在她的脑子里放了一块破碎的玻璃。塞纳河对岸的罗浮宫还是人来人往，或哭或笑，所有的表情都在宏伟的玻璃门下折射成一股扭曲的光线。

"好多年前，也是在这个地方，一个叫叶长安的男孩子，送了我一个冰激凌。"老爷爷举了举手里快要融化的冰激凌，脸上满是笑意。

唐渔正在用地上的一片落叶遮住眼睛，眺望壮丽的罗浮宫。参差不齐的锯齿叶边在她的瞳孔处模糊成一圈闪烁的光影。

好多年前，也是在这个地方，一个叫叶长安的男孩子，将她的未来，还到了她自己的手中。

"长安，长安。"她在心里默念了几遍，终于起身离开。

离开就是离开，谁也不能让时光倒流。但是离开并不等于选择遗忘，毕竟都是彼此青春里无法否认的一部分。

叶长安，勿念，勿忘。

秋光老尽，故人千里

▷

1

当床头的闹钟响过第七遍的时候，方艾知道，自己今天又要因为迟到挨骂了。

方艾大学时候学的专业是野生动物保护学，毕业后在市动物园找了一份饲养员的工作，非名校的冷门专业出身，能找到工作对她来说已经是很幸福的一件事情了。两年前动物园从国外领回来了两只考拉，所有饲养员中学历最高的她，当仁不让地接管了考拉饲养员的职位。

开往动物园的 421 路公交比往常来得慢了一些，或许是错过了上班高峰期的原因，车子上空荡荡的。方艾忍着肚子的空虚感，下了车就朝着大门狂奔而去。

副园长梳着油头，双手背后站在员工入口，努力地收着小腹，但依然把衬衫下面的几个扣子绷得紧紧的。

"方艾——"他故意把尾音拉得很长。

"对不起，园长，我下次一定会注意的。"方艾忍不住腹诽，但是还低着头，小心翼翼地表达自己的歉意，毕竟面前这个大腹便便的男人

136

可以随时让自己丢掉工作。

副园长装模作样地叹了一口气："不是我故意为难你，你负责的两只考拉，今天清晨的时候不知道为什么溜了出来——"

方艾心中一凉，那两只考拉是从澳大利亚空运过来的，算得上是整个动物园的宝贝，要是真的跑了出去，她还真担不起这个责任。

"幸亏被这位游客发现，要不然，你早就卷铺盖走人了。"

少年从副园长身后探出头来，冲着方艾吐了吐舌头。或许是因为副园长体形庞大的原因，方艾一直没有发现站在他身后的他。副园长又嘟嘟囔囔说了一大堆，无非是些警告劝诫的话，方艾早已习以为常，不痒不痛。

"嘿，准备怎么谢我？"少年狡黠地眯着眼，棕黑色的头发安静地趴在额前，浓密的眼睫毛在朝阳下熠熠生辉。

方艾无力地摆了摆手，没有回话。她走进了换衣室，三分钟后穿着制服从屋子里走出来，少年还站在门口等她，阳光很好，新换的白衬衫在太阳下显得格外明亮。

"林鲸，你又逃课了。"

"拜托，今天周末。"

少年叫林鲸，是市里一所音乐学院大三的学生。林鲸对动物园的考拉有一种超乎常人的喜爱。他是动物园的年卡用户，几乎隔一天就会到动物园，带着水和零食坐在考拉园外的石凳上，一坐就是半天。

考拉一天有十八个小时都在睡觉，所以就算是白天，它们也总是懒洋洋的，抱着树干打哈欠。林鲸也是，总是看着考拉发呆，他们往往就这样对视一下午。

方艾甚至怀疑，林鲸就是澳大利亚那只年龄最大的考拉，只是现在变成了人形，天天在这里和自己的两个小外孙相看两不厌。

方艾走到考拉出逃的地方，是放食物的一个窗口，上面原本是有挂扣的，但是她昨晚走得急，忘了锁上，那只考拉就用自己粗短的前肢，慢慢掀开了小门，逃了出去。

"可惜它们跑得太慢了，一晚上才跑到路对面，我一早来就看到了，"林鲸坐在他的石凳上，慢吞吞地说着，又恶狠狠地咬了一口手里的曲奇饼，"你得请我吃饭。"

方艾怀里抱着小一点儿的考拉，抬头看着林鲸，逆着光，他的侧脸有些模糊。方艾感觉自己的胸口猛地抽搐了一下，那颗好不容易被她藏起来的潘多拉之盒，又悄无声息地裂开了一条缝。

"好啊！"

她脱口而出。

2

动物园坐落在老城区西部的一处老百货商场旁边。经济重心的转移，让这个原本以重工业出名的城市的老城区变得荒凉了许多。

方艾带着林鲸在整个百货商场转了一遍，也没有发现任何一个可以让两人解决午饭的地方。偌大的百货商场，只有几个五十多岁的大妈带着自己的老姐妹在里面闲逛。店铺里连妆都没化的售货员，也大都坐在电脑前看韩剧，死气沉沉。

2005 年方艾刚来到这个城市的时候，这个百货商场是整个城市最热闹的地方，年轻漂亮的售货员随处可见，因为人流量巨大，商场的每层楼都有小吃摊和味道超棒的夫妻档饭店。现在很多都变了。

方艾在里面转了好久，才十分不情愿地承认，自己哪怕已经在这个城市待了七年，却仍然是路痴。

"你不会是找不到路了吧？"林鲸狐疑地看着她。

方艾难得地红了脸，林鲸一副我懂的样子，跨了一大步，走到了她的前面。

"跟着我吧。"林鲸不由分说抓起了她的手，方艾挣了一下，林鲸反而握得紧了些。

她这才发现，那个经常坐在石凳上发呆的考拉少年，比自己高了足足一头。

林鲸把腰板挺得笔直，跨开了步子朝着出口走去，方艾要一路小跑，才能勉强跟上他的步子。

林鲸带着她到了一家糕点房，方艾在那里看到了他经常吃的那一款蔓越莓曲奇饼。老板是一个四十岁左右的阿姨，看起来和林鲸很熟。

"女朋友？"阿姨笑。

林鲸也笑，抿了抿嘴唇，什么也没说。

方艾正要解释，却被林鲸拉进了屋子里。

"吃什么？"林鲸斜倚在门框上，低着眉目，"曲奇饼？德式芝士蛋糕，还是草莓朱古力蛋糕？楚姨最拿手的就是蔓越莓曲奇饼，你要不——"

"停！"方艾打断他，"我要吃中午饭，不是饭后甜点。"

林鲸弯了眼角："你要请我吃饭，吃什么我说了算。"

不由她分辩，林鲸就去了楚姨那里，端了两大盆"糕点沙拉"。

方艾吃了这辈子她最难以理解的一顿午饭，林鲸倒是对此颇为享受，面前的一大堆卡路里很快就被他席卷一空。

大概这就是传说中的食草系少年吧，方艾暗叹了一口气。

"方艾。"

"嗯？"方艾抬了头，林鲸很少这样叫她全名，大多时候都是用"喂"来代替。

"我能追你吗？"林鲸舔了舔嘴角的奶油，目光烁烁地盯着她。

方艾伸向餐巾纸的手一顿，又若无其事地向前，拿起纸，擦了擦嘴。她站起身来，揉了揉林鲸毛茸茸的脑袋，就像对待自己的弟弟一样。

"林鲸，"方艾又摸了摸他的脑袋，林鲸却一扭脖子，躲了过去，"请你吃饭是为了感谢你让我保住了工作，你不要有什么非分之想。"

方艾哈哈大笑，林鲸看着她不说话。她笑了一会儿，觉得有些尴尬，就停了笑声。

"考拉很可爱，"方艾朝门外走去，"可我喜欢猎豹。"

林鲸没有追出来，在方艾意料之内。

三年前，也有一个姓林的男生，在百货楼下的大排档，举着一串烤煳了的羊肉串对她说："方艾，我能追你吗？"

他是一只身形矫健、充满力量的猎豹。曾经的方艾也是满腔热血，对将来设想了一万种美好，无惧无畏，敢爱敢恨。

而现在，她的青春已经到了尾声，再也禁不得一丁点儿的风雨。

3

林鲸有半个月没来动物园，方艾依旧和往常一样上班下班。地球没了谁都照样转，况且对她来说，动物园的门票收入又和她没半毛钱关系。只是那两只考拉，方艾用尽了所有她能想到的办法，可它们就是闷闷不乐。

当林鲸穿着宽松的篮球服来到动物园的时候，方艾险些没认出来。

"来看我篮球赛吗？"林鲸扬了扬眉。

方艾扫了他一眼，原本皮肤白皙的他看起来有点黝黑，胳膊肘处的擦伤刚长上痂，略显消瘦的四肢躲在篮球服里，看上去有些滑稽。

"不去。"方艾把手里的树叶递给两只考拉，但是这两个家伙看也不看她一眼，连滚带爬地到了林鲸的脚跟，挂在了他的小腿上。

"你去不去？"

"不去。"

"你去不去？"

"不去。"

······ ······

半个小时后，方艾终于被林鲸的锲而不舍打败。

"只是去看打球，不该说的别说，听见没？"方艾义正词严地警告他。

林鲸眉开眼笑，把挂在自己小腿上的两只考拉抱下来放在地上，也不知听没听到。

这是方艾第一次去林鲸的学校，一路上林鲸一改往日的乖巧腼腆，板着脸装作一副酷酷的样子。方艾佯装在打瞌睡，对他的小动作视而不见。

音乐学院距离动物园不过一小时的车程，学校不大，建筑都是仿欧式，但是坐落在一堆写字楼中间，显得有些不伦不类。

到了操场的时候，林鲸的队友已经在那里等着他了。都是二十出头的年纪，满满的荷尔蒙气息，一看就有些文弱的林鲸站在他们中间，格外扎眼。

站在最前面的红衣男孩儿冲着方艾吹了一声口哨，不怀好意地撞了林鲸的肩膀。他摆了摆手，一帮人便去了篮球场上。

方艾坐在场外的草地上，看林鲸在场上驰骋。虽然有些生疏，但已经有模有样，偶尔露出来的肌肉线条，浸着汗水，也能让方艾忍不住脸红。

林鲸得意地朝方艾挤眉弄眼，方艾转过头去，假装没有看到。

身后传来惊呼，方艾急忙转身，正看到林鲸倒在地上，小腿外侧已经一片殷红，远处的男孩儿和方艾一起朝他这边跑来。

"没事吧？"方艾低下身子去看他的伤口，小腿和胳膊都有擦伤，裤子也破了。

"要不要去医院？"红衣男孩儿问他。

"不用！"林鲸故作镇定，"我家里有碘酒，都是皮外伤，回去抹一下就好了。"

"那我送你回去吧。"红衣男孩儿弯下腰，就要去搀他。

"不用，让方艾送我回去就行。"林鲸自己爬了起来，虽然疼得龇牙咧嘴，但还是扯着嘴角笑。

方艾看着他，许久，也只能点了点头。

方艾打了一辆车，在红衣男孩儿的帮助下，成功地将林鲸塞了进去。

在车上，方艾一句话也没说，只是看着越来越熟悉的街道，显得有些焦躁不安。

"林鲸。"方艾声音有些低沉。

"嗯？"他歪着头。

"你妈妈在家吗？"

"不在，"林鲸摇了摇头，"她这几天出差，要明天才回来。"

方艾紧绷着的身子松了下来。

"你喜欢猎豹，我就能变成猎豹，"林鲸促狭地笑，"而且你放心，我妈坚持恋爱自由。"

司机把车停在了门口，或许是对刚才林鲸胡言乱语的报复，她粗暴地将林鲸从车上扯了下来。林鲸没命似的哀号，却没有得到方艾丝毫的怜悯。

林鲸的家在一个小胡同里，这个城市的原住民大都住在这样的小巷子里，墙上爬满了青苔，路边种的也是粗壮的槐树，不是大马路旁笔直的法桐。

林鲸家的院子里种了一株藤本月季，甚至爬上了阁楼，把二楼一个房间的屋子遮得严严实实的。

林鲸见方艾站在月季下发呆，走到她身边。

"这棵月季是我哥种的，养了好多年了。"

方艾不动声色地藏起了眼底的情绪，弯着嘴角笑了笑："你也到家了，我该回去了。"

"哎，不行，你至少扶我上楼吧。"林鲸皱着眉。

方艾不理会他，径直走向了大门，低着头拉开了大门。

一个四十多岁的女人站在门外，手里提着包，风尘仆仆。

"妈，你怎么回来了？"林鲸有些讶异的声音在方艾身后响起。

林妈妈仿佛没有听见他的话，直勾勾地看着方艾，林鲸没有察觉到气氛的诡异，走上前来就要介绍。

"方艾。"

林妈妈幽幽地叫出了她的名字。

"你们认识？"林鲸有些诧异。

林妈妈看了看林鲸，眼睛里满是宠溺。

"以前去动物园的时候，在工作人员栏里见过她的照片而已。"她笑。

方艾冲着她点了点头，在林鲸困惑的目光中，狼狈地逃出门去。

4

2005 年的时候，方艾考进了这座城市一个二流学校的野生动物保护专业，整个专业只有十个人，其中大一的只有两个人，一个是方艾，一个是林知行。

很长的一段时间里，方艾都以为林知行和自己一样，都是被调剂进来的。直到大二她才知道，其实林知行的分数，完全可以去一个更好的学校。

林知行的妈妈在他七岁的时候就离异，弟弟在学音乐，上高中的时候被妈妈送到国外的学校学习。林知行报志愿的时候，考虑再三，还是决定留在妈妈身边。

他对方艾说，妈妈已经被遗弃了一次，他不能再让她一个人了。

方艾又问他，那为什么可以去一个更好的专业，非要来这么一个冷门的专业。林知行十分认真地思考了这个问题，然后很认真地告诉她，既然不能去最好的学校，那就选一个自己喜欢的专业好了。

方艾对他的脑回路很难以理解，不过这并不影响她对林知行的好奇。

林知行虽然学的专业冷门，但是在学校一点儿都不冷门。他是校街舞社的社长，每次在台上无意间露出的八块腹肌，都撩得下面的小学妹脸红心跳，尖叫连连。

狂野，热血，永远朝气蓬勃。

林知行活出了青春应该有的样子。

大学四年，两人永远出双入对，以至于所有的人提到方艾，必提林知行，说起林知行，也一定想到方艾。

林知行曾经开玩笑对她说，他们俩现在虽然不是情侣，但是胜似情侣，要是毕业后俩人还找不到对象，就在一起凑合过得了。

他们没有辜负对彼此的期望，2009年毕业的时候，两个人果然都是单身狗，但是他们谁也没有提当初的那句玩笑话。就好像林知行在自己家里种的那棵藤本月季，去年开很多的花，今年又开了很多的花，谁也不记得墙角的那朵了。

方艾进了市动物园，一个月后，林知行穿着有些显小的制服站在了她面前，傻笑。

林知行来工作不久，就主动请求把自己调到最喜欢的猎豹属的岗位。因为工作繁重，领导将和他差不多同一时间来的方艾也调了过去共事。

正式调任前一天，林知行带着方艾到了动物园旁的那个百货大楼，贯彻他一向粗犷奔放的性格，烤串加啤酒，在方艾被辣得满脸鼻涕眼泪的时候，大大咧咧地告白了。

"方艾，我能追你吗？"

可惜方艾耳朵已经在辣椒的刺激下快要失聪，她只看见林知行那张嚣张的脸凑在她面前，嘴巴一张一合。

"你说什么？"方艾扯着嗓子喊。

"我能追你吗？"林知行也扯着嗓子喊。

方艾举起酒杯，辣得泪流满面。

"干杯。"

2010 年的夏天，林知行和方艾认识的第五年，是他们在一起的第一年，也是最后一年。

本来应该在周末接班的饲养员因为家中急事，旷工两天。周一林知行和方艾上班的时候，园子里的猎豹已经被饿了两天，眼睛发直。当方艾打开闸门进去的时候，原本在地上趴着的那只怀孕的母猎豹，突然就跃了起来。

方艾当时就被吓傻了，身后的林知行反应过来，一把把她推得远远的，那只母猎豹的注意力被林知行吸引，踱着步子朝他走过去。

等安保人员来的时候，林知行已经被猎豹压在了身下撕扯好几分钟，他们用麻醉枪放倒了猎豹，把浑身是血的林知行抬上了救护车。

那年林知行才二十三岁，他曾经跟方艾说，要带她去看他弟弟的音乐会；要吃遍百货大楼所有的美食；要等院子里那棵月季爬满窗台。

百货大楼的夫妻档一个个搬走，林知行的弟弟回国，院子里的月季真的爬上了他的窗台。

这世上所有的人和事都以一种不可逆转的方式轰轰烈烈地向前，只有林知行，永远停留在了那一年。

5

"最近养伤，我妈不让我出去。"

方艾看着林鲸刚发来的短信，慢慢点了删除键。

林知行的事过后，方艾就从原来的岗位调离，照顾毫无攻击性的考拉。不久后林鲸从国外回来，到本市的音乐学院上课。音乐学院离他哥哥曾经工作的那个动物园很近，他经常来这里放空。

然后就发现了那两只和他有点像的考拉，和那个照顾考拉的少女。

其实她在林鲸来动物园的第一天，就知道他是林知行口中的那个音乐天才弟弟，眉目神情都像极了他，但又与他迥然不同。

一个是夏花，一个是秋叶。

一个是猎豹，一个是考拉。

每次林鲸来这里，她心底都会有一个声音在一直回响——这是林知行的弟弟、这是林知行的弟弟……

那个和林知行共度童年的人，他们朝夕相处，亲密无比。有无数个恍惚间，她以为林知行又回来了——她可以和林鲸保持适当的距离，但是她还是忍不住想和他近一点儿，再近一点儿，就好像靠近林知行一样。

林鲸在家里待了整整一个礼拜，发给方艾的短信也都石沉大海，为此他还摔坏了好几个手机。周一的时候林妈妈照常出差，他偷偷溜了出去。

经理告诉他，方艾调了夜班，不再管理考拉，只负责晚上值班。

林鲸回去了，第二天又来。考拉换了饲养员，是一个中年的大妈，小的那只考拉看到了林鲸，慢悠悠地朝他爬来，被大妈一只手拎了回去。

林鲸终于明白方艾在躲着他。

他不太懂是为了什么，所以他每天来，但每次都错过了方艾的上下班时间。其实有一次他差点堵住了方艾，但被她远远地看到了，就绕路从后门进了园里。

小城的秋总是来得悄无声息，某日无意间抬头，才发现叶子已经开始落了。

方艾办好了离职手续，但是因为人事调动，她还要在这里工作半个月才能离开。周六晚上的时候，副园长给她的值班室打来了电话。

"小方，你来我办公室一趟。"副园长在那头喘着粗气。

方艾觉得有些不对劲，副园长平常不到下班时间就走了，没理由留到现在的，但是整个值班室只剩下她一个人，也只能壮着胆子去。

副园长的办公室在动物园的办公区，游客止步的地方，方艾到了那里的时候，屋子里只亮着一盏灯。

他扯了一些有的没的，方艾只觉得他意不在此，心里的不安越来越

强烈。

　　"要是没什么事，我就先回去了，"方艾打断了副园长的话，"值班室里没人照看。"

　　副园长站起身来，反手关住了门："小方，你知道，我最近刚离婚，你看你也——"

　　方艾终于明白他的企图，绕过他，想要打开门，却被副园长一把抓进了怀里。方艾又急又怕，张口狠狠地在他的胳膊咬了一口，副园长吃痛，手一松，方艾趁机从他怀里逃了出来。刚到门口，就被他在身后扯住了头发，拉了回去。

　　副园长急不可耐地拉着方艾朝角落里走，一个人影却突然撞开了门，还没等他反应过来，一个拳头就狠狠地飞到了他的脸上。

　　"走。"那人拉起方艾的手，大步出了门。

　　方艾惊魂未定，任由林鲸拉着她的手，一直到了值班室，她才回过神来，挣开了出来。

　　"我在这儿陪着你吧，"林鲸皱着眉，"或者送你回家。"

　　"不用了，"方艾扭了扭被他拽得生疼的手腕，"我等会儿锁好门就是了，你以后别来了，晚上天凉。"

　　林鲸看着她不说话。

　　"我明天就走了。"方艾又补充了一句。

6

　　方艾在秋天的时候离开了那个她生活了七年的城市。

　　从来的那一天起，她始终都觉得自己对这个城市是没有归属感的。但是当她离开以后，才发现时间真是个可怕的东西，日久生情也真的是一个很神奇的技能。

她去了一家公司当文员，完全抛弃了当初的专业，在另一个城市的老城区租了一间房子，院子里种了一株月季。

她在林鲸的微博上得知他顺利毕业，签了公司，也在微博上成了小有名气的网红。

2015 年年初，林鲸开了自己的第一场音乐会，方艾收到了他的短信。

"来看我的音乐会吗？"

就像当年的那句——"来看我的篮球赛吗？"

紧接着又来了一条："我给你和我哥留了位置。"

方艾有点说不上来的释然，还有点她也不肯承认的失落。

他终于知道了。

演唱会那天下了雨，但依然没有浇灭那些小粉丝的热情，上千的女粉丝站在台下，捧着他的名字，尖叫狂欢。方艾坐在第一排最右边的一个位置，那里有两个座位，一个是给她的，一个是林知行的。

她转过头去，看到林妈妈坐在最左边，朝她望来。两个人朝着对方点了点头，随即看向了台上的林鲸。

林妈妈是个很聪明的女人，她虽然因为林知行的事怪罪过方艾，但是她似乎也终于明白，自己这么多年耿耿于怀的，都是她自己过度敏感的揣测。

林鲸比她离开的时候壮硕了不少，原本乖乖趴在脑袋上的头发也用发蜡做成了当下最流行的大背头。他在演奏间隙的时候朝台下望来，看到了方艾。

他眯着眼冲她笑，吐了吐舌头，就像当年的那个早上。

音乐会到了结尾的时候，雨也下到了最大，下面的女粉丝们疯狂地冲上台去合影，林鲸微笑地应付着，偶尔踮起脚尖看向方艾坐的位置。

不管是林鲸还是林知行，都在自己的青春里光芒万丈。

方艾突然想起了林知行的愿望，让月季爬满窗台，带着方艾来看弟弟的音乐会，除了吃遍百货大楼，其余的最终都实现了。

方艾突然哭出了声，她似乎意识到，自己这么多年念念不忘的青春，终于结束了。

蜂鸟向左，扬花向右

▷▷

"1999 年，有位歌手做了一个很浪漫的事。他提前一年预售了自己演唱会的门票。只不过这次的门票是情侣票，分为男生票和女生票，一年后，只有两张票合在一起才可以进场。门票很快销售一空，演唱会也如期而来。"

正在浏览网页的秦佳明眼睛一亮，作为娱乐公司策划的她，最需要的就是这样的创意。她抿了一口咖啡，继续往下看去。

"结果，那次的情侣席位空了大半，他脸上带着略微僵硬的笑意，面对着空荡荡的观众席，唱了一首《把悲伤留给自己》。"

秦佳明的眸子又黯淡下来，略微迟疑一下，还是关了网页。看了这位歌手的经历，她自己也对类似的策划案不抱有什么信心了。

秦佳明端起桌上的咖啡一饮而尽，又好像突然间想起了什么，接着拿出了手机，飞速地按下了一句话，发给一个她很久没联系却依然倒背如流的号码。好多年了，那个号码从来没有停机过，也从来没有给她回过电话或者短信。

Hi, 唐哲浩，你知道吗？其实我从一开始就不相信你会长久地喜欢我。

谁说的高考过后就是睡觉吃饭看韩剧的，站出来我保证不打死他。

这是秦佳明此时心里唯一的念头。刚来到大学，连餐厅都没弄明白在哪里，就被学校拉到市郊区的一个山窝窝里进行一个月的军事训练，每天在太阳下暴晒，各种让人欲哭无泪的体能训练轮番上阵，这让坚持到现在的秦佳明对自己生出了无限的敬佩。

"向右转！"板着脸的教官下了一条命令。

秦佳明心头一紧，小心翼翼地按着自己的感觉转了过去，但立马就发现自己和后面的人变成了面对面。她暗呼一声不妙，可还没等她转过身去，就被教官给揪了出来。

"秦佳明，为什么你每次都和别人不一样？故意捣乱吗？我就不信你连左右都分不清。"黑着脸的教官看起来很头疼。

教官刚批完她，那边的男生就开始哄笑起来。秦佳明仰起头，恶狠狠地瞪了他们一眼，却正好撞上一双呆呆的眸子。

男生个头不高，站在她的斜前方，微卷的头发从帽子的边沿钻出来，安静地趴在他的耳郭旁。眉目清秀的他戴着一个大大的黑框眼镜，面无表情地站在队列里面。

仿佛是察觉到有人在观察他，那个男生回过神来，扭过头冲她腼腆地笑了笑："原来你分不清左右啊！"

刚才还凶神恶煞的秦佳明一怔，突然间像换了面具一样，嘴角一撇眼泪就掉了下来。男生没想到自己一句话会造成这么严重的后果，顿时慌了神。就在这时，尖锐的哨声响起，开始整队了。男生不得已，只好老老实实站好，只是时常回过头来，小心翼翼地瞄秦佳明一眼。

一天的高强度训练之后，大家都累得像狗一样，有气无力地朝着集体宿舍的方向行进。秦佳明沉默地走在队伍的最后面，一言不发。

"嘿，对不起。"

下午的那个男生从队伍前面跑了过来，赔着笑，一副可怜兮兮的样子跟在秦佳明后面。秦佳明扫了他一眼，没有接话。

"我叫唐哲浩，今天下午真的不是故意嘲笑你的，只是我也……"

秦佳明突然就火了起来："你烦不烦啊！"

唐哲浩被她吓了一跳，步子顿了一下，但还是很快就跟了上来："我真的不是故意的，这样，以后你跟着我做，肯定不会把方向弄反了。"

秦佳明堵住了自己的耳朵，加快步子甩开了他。

山区的昼夜温差很大，秦佳明也已经感到了几分凉意，到了女生宿舍拐角处的时候，她有意无意往身后看了一眼。

身穿军装的少年还站在原地，黄昏下的山间晚风将他宽大的军训服吹得鼓鼓的。

让你痛不欲生的，也会让你脱胎换骨。

接下来的几天训练强度越来越大，秦佳明发现，唐哲浩每次向左向右转的时候都会朝她这里偷偷摸摸地看一眼，说是偷偷摸摸，但笨手笨脚的他总是躲不开秦佳明刀子一样瞪着他的目光，他也因此总是比别人慢一拍。秦佳明开始倔着性子不去看他，但后来她发现唐哲浩就在自己的视线正中央，想不看见都难。而且跟着他做，虽然会比别人慢一拍，但总算不会因为做错而挨教官骂了。

时间久了，秦佳明发现唐哲浩并没有那么讨厌，有点呆，很老实。所以她也终于相信那天唐哲浩绝对是脑子抽了才会嘲笑她的，虽然唐哲浩从来不认为那是嘲笑。

为了报答唐哲浩在训练时候对自己的照顾，秦佳明决定请唐哲浩到军训基地唯一一家"服务社"吃东西。

　　所谓服务社就是一家物资超级匮乏的小超市，不过经受过军训基地餐厅的磨砺之后，能在服务社吃到来自外界的食物已经让他们很开心了。

　　两个人穿着脏兮兮的军装，满身臭汗，像难民一样蹲在服务社的门口，在自己面前摆了一大堆薯片可乐，不顾形象地大吃大喝。

　　秦佳明抱着一大杯可乐狂饮，偶然间抬起头来，正好看见唐哲浩皱着眉头，面目狰狞地咬一袋饼干的包装袋。

　　他无奈地耸了耸肩，松开了嘴："没办法，手痛，撕不开。"

　　秦佳明这才注意到，唐哲浩的右手上有一道长长的血痕。"怎么弄的？"

　　唐哲浩撇了撇嘴："去基地外面的梨园里偷梨的时候被树枝给划的。"

　　秦佳明"扑哧"一声就笑了出来，唐哲浩直勾勾地看着她好久，才反应过来，跟着她干笑起来。

　　"对了，你是真的分不清左右呀？"唐哲浩扬起带着饼干屑的嘴角，看着秦佳明，眼睛里不知为何，还有着几丝说不清道不明的触动。

　　刚刚还在没心没肺大吃大喝的秦佳明突然就沉默了，透明的可乐吸管也被她咬出了几道细微的折痕。

　　秦佳明从小就不分左右，但小的时候，没有人会把它当一回事，所有的人都以为只是因为孩子小。

　　直到秦佳明七岁那年。

　　秦佳明家就住在江南一带的小镇，小镇里有一条条长长的巷子，巷子里的人家都做着一些小本生意，所以沿着巷子一路走来，两旁都是些自制的古香古色的招牌。

　　秦佳明的家在巷子的最深处，每天秦爸爸都会穿过长长的青石板小路，送自己的女儿去上学。

　　秦佳明清晰地记得那是一个下了雨的夏天的傍晚。不是江南惯有的蒙蒙细雨，而是噼里啪啦的暴雨，粗心的秦爸爸没有带伞，只好带着自己的女儿在暴雨中狂奔。因为害怕女儿跑丢，秦爸爸自己就跑在了女儿的身后。

浑身湿透的两人很快就跑到了巷子里面，双眼被雨水模糊的秦佳明恍惚中看到妈妈就站在不远处的家门口，顿时高兴地挥起了手。

可就在雷雨的轰鸣声中，她听到了妈妈撕心裂肺的叫声。

"佳明，往左边跑，快往左边跑！"她怔了一下，身子一转却跑向了右边，没等她反应过来，就感到一双手狠狠地将自己推了出去，接着她就听到了身后传来的巨大的重物落地的声音和妈妈夹杂着尖叫的哭声。

她艰难地转过头去，看到的是爸爸倒在招牌下的身子和顺着石板之间的缝隙流下去的血红色的雨水。

因为大雨，年久失修的招牌断裂掉了下来。秦佳明中途被晾衣服的绳子挡了一下，本是可以逃过去的，可她偏偏跑向了相反的方向。秦爸爸把她推出去的时候，滑倒在了水淋淋的青石板上面，正好被断裂的招牌狠狠地砸了上去。

秦佳玥永远都不会忘记那个下着暴雨的江南六月天，永远都不会忘记妈妈痛不欲生的哭喊声，永远都不会忘记躺在大雨中的爸爸。

也永远不会忘记是自己分不清左右造成了这一切。

我总是惦记着十八岁不快乐的你。

"方位认知障碍。"

这是医生告诉秦妈妈的。其实算不得病，就好像路痴一样，只不过她要严重得多，就算你上一秒清清楚楚地告诉她哪里是右，她还是会在下一秒变得迷糊起来。想必常人永远都无法理解这种行为。

从军训基地回来之后，秦佳明就在校外租了一个房子。因为学校的宿舍实在不敢恭维，八人间就不说了，连电扇都没有，还总是间歇性停水。

租完房子之后，唐哲浩就自告奋勇帮她收拾屋子，而且在她的对面也租了一个房子，美其名曰照顾她。

秦佳明没有想到唐哲浩一个大男生居然比她还喜欢收拾屋子，各种装饰品和小植物都被他搬了进来，感觉他把自己的家完完整整给搬到了这里。

棒球帽、篮球、海报什么的放在客厅她都可以理解，毕竟他是按照一个男生的审美观来装饰屋子的，可是这么大一个粉红色的派大星布偶挂在客厅的拐角处是怎么一回事？

喜欢粉红色，少女心，又是完美闺密，他不会是……秦佳明略带了几分狐疑地看着忙活得满头大汗的唐哲浩。

"怎么了？我是为你着想啊！"唐哲浩貌似意识到了什么，大声辩解道，"你要记得，放着派大星的那个角落是左，这样我不在的时候你就不会迷糊，再者平常你也可以练习一下。"

秦佳明撇了撇嘴，算是勉强接受。

自从秦妈妈带着她搬到城市之后，她对邻居这个词语已经基本失去了概念。可到了这里，她终于又重新找回了感觉。因为唐哲浩来她房子里的频率比她还要高！

他还配了一把秦佳明屋子的钥匙，并且死皮赖脸地把自己家的钥匙也给了她一份，说是互相信任的见证。

可日子久了，唐哲浩才发现，秦佳明不仅是方位认知障碍，更是一个生活白痴。这让唐哲浩严重怀疑秦佳明的所谓什么方位认知障碍都是借口，她只是白痴而已。

他想不明白，瓶子上那么大的一个"盐"字她都看不到——当作糖倒在了自己熬了好久的八宝粥里面。

"我是理科生，你要写 NaCl 我才看得懂是盐呀。"秦佳明抱着那只大大的粉红色派大星，一脸无辜地看着他。唐哲浩欲哭无泪："小姐你这个理由实在太烂了好吗？"

他更想不明白的是，身为理科生的她竟然一天给同一株仙人掌浇三次水，而且在唐哲浩没有发现的情况下连续浇了一个礼拜。直到最后唐哲浩拎着仙人掌泡烂的根部找到她的时候，她才可怜兮兮地说："我只是自己渴的时候顺便给它浇了一下水而已。"

唐哲浩无言以对。

她心底的伤，他多想为她一一抚平。

"秦佳明，你说你以后要是离开我，你还能这么健健康康地长大吗？"

"那就不要离开好了。"秦佳明心安理得地享受着他做的晚餐，头也不抬，嘟囔着来了一句。

那就不要离开好了。

唐哲浩默念了一遍，说得好像蛮有道理。

幸福是从远方一路跋涉而来。

大二的时候开始有选修课，两人的上课时间开始错开，有的时候秦佳明一天都没课，她会一天都待在自己的小窝里。周三的上午没有课，秦佳明习惯性地睡到十点钟起床，可今天不到八点，唐哲浩就打来了电话。

"佳明啊，帮我把《人体结构》那本书拿过来，就在我的卧室。我现在在二号教学楼308，快点，教授马上就来了。"

"哦。"秦佳明迷迷糊糊爬了起来，以半梦游状态出了自家的门，去了唐哲浩的卧室。

"在哪里啊？没找到。"秦佳明在屋子里转了一圈，并没有发现那本书。

"在我的书桌上，右边的书架里面。"听得出来，唐哲浩那边已经开始安静下来，他的语气也变得焦急起来。

"找不到啊！哪里是右？"秦佳明找了一周，还是没有发现。

"你有没有用心找啊，左右都分不清楚！"唐哲浩突然就吼了出来，但他立马就察觉到自己说错了话，可没等他再说些什么，手机里面已经传来了嘟嘟的忙音。

窗外是铺天盖地的绿意，扬声器里传来的夹杂着电流声的教授的声音和窗外的蝉鸣声交织在一起，都硬生生挤进唐哲浩的脑袋里面。

头痛欲裂。

教授把手中的书合上的一刹那，唐哲浩就拎起书包冲出了教室。

唐哲浩回到屋子的时候，秦佳明已经收拾好了东西，拎着一个大大的行李箱，艰难地往门外挪动。

"你干吗？"唐哲浩一把抢过她手里的箱子，居高临下，咄咄逼人地看着她。秦佳明不说话，默默地把钥匙从口袋里拿出来递给唐哲浩。

"我妈妈说过，不要轻易去依赖一个人，这样会成为你的习惯，当某天他不要你了，你失去的不仅是某个人，还有继续走下去的信念。我要搬去一个远离你的地方。"秦佳明低着头，有几丝像模像样的委屈。

"你又抽什么风，我有说不管你吗？"唐哲浩一把把秦佳明的箱子扔回了屋子里面。

"我说过让你管了吗？"秦佳明倔强地仰起头，眼睛里有亮晶晶的东西，明明是耍脾气的倔强，却更像是要死不活的委屈，像极了一只被主人抛弃的猫咪，"我是笨，是分不清左右，十一年前我害死了自己的爸爸，现在我又拖累你，你不觉得委屈吗？"

"委屈？！我委屈什么？你连累我是我活该，我乐意行了吧？"

从来没有对她有过任何亲昵举动的唐哲浩却突然伸出双手拥住了她。秦佳明怔了一下，刚才还挺得笔直的脊背一下子就软了下来。

"可是谁会要一个连左右都分不清的笨蛋呢？"

唐哲浩的身子微微僵了一下，拥着秦佳明的双臂又加大了力气。

秦佳明，你要记着，幸福是从远方一路跋涉而来的。在它来到之前，你总会遇到各种各样的委屈，不管是在遇见我之前，还是遇见我之后，你都要明白，这个世界上，总是有人爱着你的。

爱如禅，不能说，一说就错。

因为老师临时有事，唐哲浩所在班级和秦佳明的实验课合在了一起上。秦佳明也破天荒地没有赖床，起了一个大早陪着唐哲浩一起去了学校。

唐哲浩如往常一般聚精会神地听课，可是身边的这只小疯兔兴奋地伸出手拿起各种各样危险药品在端详，他偏过头狠狠地剜了她一眼，直到她缩着舌头乖乖把手背在后面。

"看清楚了，把右手试管里的试剂，缓慢倒入面前的烧杯里面，充分混合。"

唐哲浩略微迟疑了一下，把一只手里淡黄色的液体倒进了试验台上的烧杯里面。秦佳明见样学样，把自己手中的那只试管里的试剂也倒了进去。

毫无征兆地，两人面前的烧杯里迅速冒出了大量的灰黑色泡沫，涌上了试验台。唐哲浩反应快，一个闪身就躲了过去，秦佳明正出神，待她反应过来，一团泡沫已经覆盖到了她的右手上，泡沫强烈的腐蚀性令她感到了撕裂般的疼痛，唐哲浩手忙脚乱地将她拉到了水池边，打开水龙头冲洗，并且用自己的手不停地揉搓着她的手。台上的老师也急忙跑了下来，招呼同学们把秦佳明送到了医务室。

"没事的，又不是废了。"秦佳明扯出一个笑脸，抽搐着嘴角，刚勉强把笑容摆出来，就忍不住疼得吸了一口凉气。医务室里弥漫着淡淡的消毒水的味道，教授已经带着同学们回到了实验室，留下唐哲浩在这里照顾她。

窗外阳光正好，一串串雪白的洋槐花从漫天的绿意中挤出头来，引来几只金黄的蜜蜂在树影里面飞舞。一串开得最娇俏的洋槐花探进窗来，正好遮在秦佳明的头上。唐哲浩闭着眼睛不说话，仿佛在沉思什么。

刚才他还眼睁睁地看着医生在自己面前揭掉了她手上那层已经坏掉的皮，看着她哭得要死要活的。都是自己不小心，把左手试管里的试剂放了进去。

"真的没事啦！都怪我乱做实验。这样正好，疼的那只手是右手，至少最近一段时间我不会分不清左右了。别想这么多了，没想到医务室里还有这么好闻的花香，我觉得舒服极了。"秦佳明见他还是一副心事重重的样子，又开口道。

唐哲浩伸出手摸了摸她的头，什么也没说。只是觉得浓浓的消毒水味道在鼻腔里翻滚，闻不到一丝一毫的芳香。

秦佳明的手恢复得很快，没过多久就又能跳着和唐哲浩抢零食了。可唐哲浩时常在不经意间，就沉默了。秦佳明问了他好几次，他也是摇摇头，什么也没说。

又或者，给她一个勉强的笑容。

每段青春都是苦的，但到最后都会有出路。

那是一个周四。

秦佳明是满课，而唐哲浩没有课。秦佳明早上起床的时候唐哲浩还窝在自己的屋子不肯出来。她用钥匙开了门，和他说买好了早餐放在桌上让他记得吃，只得到唐哲浩在屋里几声含糊不清的回答，秦佳明收拾好了东西，对着墙上的派大星，开心地挥了挥手。

"拜拜，大笨蛋。"

因为中午有课，秦佳明就在学校里解决了午饭，等到下午她回到屋子的时候，却发现屋子里好像少了什么东西。客厅的棒球帽、篮球，所有属于唐哲浩的东西都不见了，只剩下那个粉红色的派大星孤零零地挂在墙上，灰头丧气垂着头。

"家里遭贼了吧？唐哲浩，你在吗？快点出来！"她喊了好几声，也没有得到回应，顿时有了一种不好的预感，她转过身子抬起步子就往唐哲浩的屋子跑去。

手忙脚乱地开了他的门，客厅里已经是一片狼藉，卧室的门是开着的，空荡荡的床板上什么也没有，顺着透过窗户射进来的夕阳甚至还可以看到在空中不停飞舞的灰尘。

秦佳明手忙脚乱地翻出手机给他打电话，电话很快就打通了，可那头却始终无人接听。她怔了好一会儿才想起来给他的辅导员打电话。

"哦，唐哲浩换专业了，不知道为什么执意要申请调到分校……"

往后的话，秦佳明就没有再听了，自己所在大学的分校，离这里有一千公里的距离。昨天他还笑着说要带她吃海底捞，今天他就一声不吭地离开了这个他生活了两年多的小窝。

干脆利落，没有理由。

那天夜里，秦佳明一个人蹲在唐哲浩空荡荡的卧室里，沉默了一个晚上。清冷的月光透过纱窗洒在空无一物的床上，秦佳明呆呆地看着那个床看了一晚上。当清晨的第一缕阳光照到床板上的时候，秦佳明才回过神来，走回自己的屋子。

"拜拜，大笨蛋。"她有气无力地摆摆手，轻轻地对那只粉红色的派大星说道。

她没哭，她记得唐哲浩说过，如果有一天我突然离开了你，你也要像我们在一起的时候那样好好生活。

在一个又寒冷又漫长的夜晚，秦佳明开始明白，原来抱着自己也可以很温暖。

没有谁离开了谁就不能活，不能活只是觉得自己受到了伤害。就像他说的那样，她心安理得地做了一个学霸，然后顺利毕业，理所当然地进了一家待遇很好的外企。

当公司最年轻的总监杜安年对她展开疯狂的追求时，她没有矜持，而是自然地挽上了高大帅气的他的臂弯。

所有人都为她的成功感到惊讶，所有的人都以她为榜样。可是再也没有人知道，她是一个连左右都分不清的笨蛋。

我想我可能不会喜欢你那么久。

新写的策划案很成功，公司老总一高兴，就给秦佳明放了一个礼拜的假。秦佳明在犹豫了很久之后，最终决定带着自己的男朋友回老家看看。秦妈妈得知后，死活不愿意让他们回去，秦佳明知道，妈妈这些年虽然一直没有提起过这件事，但对爸爸的离去，她还是一直无法释怀。

那个地方，她已经将近二十年没有回来了。飞机落地的那一刻，她闻到了属于家乡、属于爸爸身上的那股特有的味道。即使隔了二十年，她依旧清清楚楚地记着，绷了一路脸的秦佳明终于忍不住在机场放声大哭。

手足无措的杜安年不知怎么办才好，只好蹲下来小声地安抚着她。过了很久，秦佳明才抬起哭花了的脸，拉着男友的手站了起来。

"右边是出口。"杜安年小心翼翼地告诉她，生怕她一个情绪不对劲儿又哭出来。秦佳明顿了一下，随即向右转，大步走了出去。

因为旅游项目的缘故，秦佳明住的那条巷子并没有遭到破坏，还是青灰色的石板，永远都湿漉漉的老墙，年迈的老人眯着眼坐在巷子口，似睡非睡，嘴里哼着江南的小曲——那是她永世不忘的童谣。只是当年巷子两旁破旧的理发店、杂货店变成了现在各式各样、装饰精良的酒吧和咖啡店。

物是人非。这是秦佳明脑海里浮出的第一个念头。不管你愿不愿意，所有的人和事都在朝着不可逆转的方向轰轰烈烈地前行。

改变了秦佳明一生的那个招牌已经拆了下来，换成了一家卖纪念品的非主流的新招牌，秦佳明经过那个地方的时候停了一下，看到坐在店铺前面的那个女生的眉目像极了当年那个耍赖撒泼不给赔偿的中年女人。女人抬头看了她一眼，似乎观察出了这不是一个准备买东西的人，随即又低下头继续看自己的韩剧。

不知发生何事的杜安年只好跟着秦佳明，走走停停。

"这里很漂亮啊，你们当初为什么要搬走？"男友问她。

秦佳明什么也没说，走到了自家的门口。

所有的房子都变了，只有她家的还是和当年离去的时候一样，已经腐朽的木质大门，布满了蜘蛛网的雕花窗棂，还有门前那个绿漆几乎全部掉完的邮筒。

"这里面不会有信吧？"杜安年打趣道，说着就过去打开了邮筒。

一张淡绿色的信封安静地躺在邮筒的角落里，明明是生机的颜色，却在偌大的邮筒里隐透着孤独。

秦佳明走了过去，拿起了信封。没有写地址和寄信人，邮戳是 2014 年 9 月 20 日，就在她给唐哲浩发短信后的一个礼拜。

Hi，秦佳明：

我可能不会喜欢你那么久。

因为，我也有方位认知障碍。

还记得那年军训的时候吗？我问你是不是真的分不清左右，是因为我以为自己找到了同类。可在你告诉我你爸爸的事情之后，原本想和你坦白的我又突然退缩了。

我想，如果我能轻而易举地分辨左右该多好，这样我就不用用小刀在自己的手上刻伤口，用疼痛来提醒自己左右了，这样我就可以不用慢半拍地告诉你哪是左哪是右了，这样我就可以拍着胸脯说我可以保护你了。这样我就不用害怕两个人一起迷糊的时候出事，而不是一言不发地离开你了。

可是佳明啊，普通人再习以为常的事对我来说却变成了奢求。对不起，我想我可能不会喜欢你那么久。

我喜欢不起。向左走，向右走，以后总会有一个轻而易举分得清左右的人牵着你的手陪你一直走下去。

秦佳明眼睛涩涩的，低下头看了看自己右手上那个还没有愈合的伤口，像极了当年唐哲浩到军训基地偷梨时被树枝划伤的伤口。

可是唐哲浩，你怎么这么傻，你怎么能因为害怕失去就提前放弃了呢？

秦佳明慢慢蹲了下去，终于在暮色四合的江南小巷里痛哭起来。

那年的情书

▶

楔子

"同学想要哪一张呢？"猫哥趴在柜台上，看着面前这个扎着马尾的女生。

她看起来不是很漂亮，眼神也十分平静，随意地在货架上扫视着。最后她的目光停在一张影视歌曲合辑的唱片上。

"这首歌……我没听过。"她将手指小心翼翼地覆在那张唱片的封面上，是江美琪的《那年的情书》。猫哥走过去，将那张唱片取出来放进 CD 机里面，这是他的习惯，客人在买之前都可以试听唱片里的歌曲。

无意重读那年的情书

时光悠悠青春渐老

回不去的那段相知相许美好

都在发黄的信纸上闪耀

那是青春　诗句　记号

莫怪读了心还会跳

你是否也还记得那一段美好

也许写给你的信早扔掉

这样才好　曾少你的

你已在别处都得到

……　……

江美琪的嗓音非常温柔，带着直抵人心的力量。可猫哥却打了一个哈欠，又趴在了柜台上。

"情书……"女孩儿坐在沙发上，仔细端详着唱片的封面，"猫哥，是在收集故事吧……"

"是啊！"猫哥立马打起了精神。

"情书……"

1

那大概是高二刚开学的时候吧。

"我看完了。"林梦把手里的书一合，潇洒地扔给了我。

我从厚厚的物理卷子中抬起头来，看看书，又看了看嘴角含笑的他，略带了几分狐疑。

"你居然没流眼泪？"

窗外的蝉鸣越发响亮，把夏日漫天绿意带来的一丁点儿欣喜给驱赶得干干净净。

"很好的结局啊，为什么要流眼泪？"他轻抿着唇，若有所思。

"为什么我看到的结尾是悲剧？"我拿起那本已经有些破旧的小说，却怎么也看不清书上的字。

168

那是一本怎样的书呢？

如今的我眯着眼坐在音像店的沙发上，想破了脑袋也还是没有想出来。

明明是同一个故事，我们当初怎么会看到不同的结局。明明以为是一辈子都不会忘的记忆，怎会是如今这般满目疮痍。

初见林梦，是高一那年。

中招考试的失利让我与市一高的重点班擦肩而过，进了所谓的慢班。好在在这个普通班里，我依旧是成绩最好的那一个，班主任是数学老师，我也就顺理成章地成了数学课代表。

刚进到班级里，大家都不太熟络，彼此之间交流很少，也都不知道新同学的名字。

他不太爱说话，头发有些不听话，有点自然卷，还老是翘起来。所以上课的时候他总是低着头，一边看课本，一边用右手小心地摆弄自己的头发。

真是个臭美的男生。这是我对他的第一印象。

第一次发数学作业，我把每组的作业交给组长，就不再管了，直到到了他那一组。

"杨敬、张琛……"我小心地猜测着他的名字，从可能性最大的那个念起。

他身边的男生一个一个站起来，过来领了作业。很快，我的手里只剩下了一本。

林梦。字写得丑丑的，有点圆，就像是小学生的字。我带些怀疑地看着他，没有动作。

"我的，林梦。"他挑起眉头，伸出了右手。

林梦，林梦。

怎么像个女孩子的名字呢？我咻咻地笑，并没有把作业本递过去。他有了几分羞恼，一把抓过作业本，不再理我。

我承认那个时候就已经对眉目俊朗的林梦有了非分之想。仅仅是一个念想而已。

可是连我自己都没有想到，此后三年，向来被老师们当作三好学生的我竟然会用如此决然猛烈的态度，锲而不舍地追了他三年。

我们的第一次交流算不得友好，但总算是有了交集。也许是因为他一直对我的嘲笑耿耿于怀，在此之后很长的一段时间里，他从不叫我何一一，只叫我何二。

进入高中的第一次大型考试，我没有任何悬念地成为班级第一。在一切都向升学率看齐的市一高里，成绩自然是所有行动的最高指令。

其实笫一个挑座位并不是什么值得高兴的事，因为你不能选择自己的同桌。所以当班里最木讷的那个男生坐到我旁边时，我毫不掩饰地表达出了自己的不满。

那天下课，林梦就找到了我的同桌。

"嘿，哥们儿，我们能不能换换位置？"

他的语气不太强硬，但我的新任同桌并没有对我旁边的位置表现出任何的留恋，毫不犹豫地答应了他。

"为什么要换座位？"我问他。

"他有狐臭……"林梦努了努嘴，示意我看他之前座位旁边的那个男生，"我有洁癖的，不好意思。"

我有些失望地点了点头，继续把自己埋在了无尽的题海之中。

我的前桌许妍是个很开朗的女生，两个人很快就眉来眼去，打得一片火热，这让我严重地怀疑他当初换座位就是奔着许妍而来的。

2

在这所北方的小城里，冬天总是来得让人猝不及防，昨天还是落叶萧萧的秋日，一夜之间，凛冽的寒冬便夹杂着大雪席卷而来了。

林梦是走读生，每天晚上都会回家。我和许妍都在学校的宿舍住着，彼此的寝室只有一墙之隔。

上早读的时候，林梦迟到了。老师一直在讲台上坐着，林梦肩头、前额的雪在进入温暖的教室的一瞬间化为了水，不见踪迹。

"老师，不好意思啊，路上有雪……"他喘着气，但语调软软的，很乖。

老师并没有与他计较，林梦径直走到了自己的位子上，把电动车的钥匙往桌上一甩，挠了挠头发，突然就爆了一句粗口："奶奶的，路上差点摔死老子……"

我十分鄙视地看了他一眼，挖苦说："我说你能不那么人格分裂吗？"

他撇了撇嘴，算是对我无声的抗议。

前面的许妍转过头来，递给他一杯冒着热气的开水："路上冻坏了吧？暖暖手。"

"你看看人家。"林梦欢天喜地地接过水杯，还不忘向我炫耀一番。

我拿起英语书从他的座位后面绕了出去，丢下一句："困，上外边清醒清醒。"

教室外面的寒风很快让我清醒下来，可英语书的字母此时仿佛都变得奇形怪状起来，一个都不认得了。

我看得出来，许妍对林梦有好感，可她能大方地和林梦谈笑风生、嬉戏打闹，毫不掩饰地表示对他的好感，我却做不到。

我不漂亮，也没有大城市女孩子的多才多艺，我除了成绩好一点儿，没有任何能拿得出手的东西。我怕我对他的好感会吓到他，然后把我和他之间仅有的一点儿交集给拉扯掉。

胡思乱想了半天，回过神来才发现早读也快要结束了，这才感觉到身上的寒意。

"嘿，学霸，要不要来暖暖手？"林梦不知道什么时候也从教室里溜了出来，手里拎着英语课本，装模作样的。

他穿了一件银灰色的长羽绒服，里面套了一件黑色的高领弹力毛衣。林梦大方地把羽绒服的拉链拉开，嬉皮笑脸地看着我。

我看了看自己冻得发紫的双手，又看了看他，在原地踌躇起来。这样略显暧昧的举动是我从未想过的，那好像是……恋人之间的举动吧？我和他的关系，什么时候亲密到了这样的地步。

"咱俩谁跟谁啊，别跟我客气。"他依旧没一副正经样。

我把英语书放在左手里，然后小心翼翼地把右手伸进了他的怀里。入手之处，是他质地优良的毛衣，很有弹性，他的体温透过毛衣传递到我早就冻僵的右手上，我的心跳也在那一瞬间，漏了一拍。

他的脸色突然变得古怪起来，好久，才吞吞吐吐来了一句："你还真伸进来啊……"

我触电似的一下子把手抽了回来，脸红得发烫，也不敢抬头看他，心里尴尬得要死。难道是我对他的觊觎被他看出来了，故意来试探我？

恍然间抬头，正看见坐在窗户旁边的许妍。教室里温热的水蒸气在玻璃上附了一层薄薄的水雾，看不太清楚，我不确定许妍究竟有没有看到这一幕。

她抬头朝我们的方向淡淡地扫了一眼，就又低下了头。

3

那是我和林梦最亲密的一次接触，也是我和他的关系发生一点儿微妙变化的转折点。

两个人见面，他还是和以前一样没心没肺地和我开玩笑，这不禁让我怀疑那天早读出现的他是不是只是一个幻觉。

高一就在一片混混沌沌之中过去了。第二次调座位的时候，林梦和许妍坐在了一起，而我依旧坐在了老位置，旁边是那个之前和我做了一节课同桌的木讷男生。

高二开学，要分文理科，我和林梦选择了理科，许妍选择了文科。

他没有和我一个班。市一高每个年级的教学楼都由南楼和北楼组成，中间有一条长长的连廊相接。

成绩优异的我被分到了重点班，所谓重点班，其实就是作业多一点儿，老师严一点儿，休息时间少一点儿。

许妍和林梦都在我的楼上。我每天晚自习的课间，都可以透过教室的窗户清晰地看到，许妍会穿过长长的连廊去找林梦，有时他们也会在连廊的中间，就着夜风谈笑。

我只能伏案苦读，偶尔抬起头看到他们，心里就是不可言说的酸楚。

这只能怪我自己没有勇气。我和林梦在很长的一段时间里都没有进行过任何的交流，他整天和许妍待在一起，我整日做永远也做不完的模拟题。

林梦的班主任还是我们高一的班主任。那天我去物理老师的办公室送作业，出门的时候正看到他们班主任在训林梦。

"你昨天晚上去哪里了？"

"宿舍。"他面不改色。

老师狠狠地将手中的宿舍查到表甩在了他的面前："你骗谁呢？宿舍管理员今天早上给我打电话，他昨晚就没见你回宿舍！"

老师无意间看到了我，随即道："你看看人家何一一，在高一的时候就是咱们班里第一名，现在到了理科班照样在整个年级名列前茅，我说你就不能有点上进心，怎么说你们两个也是做过同桌的人！"

"老师，究竟怎么了……"我偷偷地瞄了一眼他，小心翼翼地问道。说实话那个时候我的尴尬不比他少。

"你也是来看我笑话的吗？"他冷哼一声，本来看上去无所谓的眉头也皱了起来。我有些措手不及，印象中的他并不像现在这样乖戾。

"我就是去上网了，你爱怎么处置就怎么处置吧。"林梦丢下一句话，就转身出了办公室的门，留下我和老师面面相觑。

那时的学校是一个制度森严的地方，夜不归宿是大忌，更何况还是去上网。第二天我亲眼看到林梦的妈妈带着他在年级办公室苦苦哀求学校领导，而他只是安静地待在妈妈身边，一声不吭，但眼中的倔强，分毫不少。

他回来收拾东西的那天，我和许妍都来了。他班里的同学都用异样的目光看着他，有的还窃窃私语，不知道在说些什么，而他对此毫不在意。当然他还是在乎许妍的感受的。

"你放心，我在那里肯定好好学习，不逃课不上网，你也要好好的，我估计等高三就又回来了。"

许妍点了点头，没有说些什么，随后他把头转向了我。

"学霸，sorry，前几天是我太生气了，所以才会见人就咬，你大人有大量，就把我当个屁放了吧。"

按理说笑点很低的我此时应该是没心没肺地哈哈大笑，可我只是牵了牵嘴角。他略显沉重地拍了拍我的肩膀，转身出了门。

"走吧。"许妍干脆利落地朝着相反的方向走去，我在原地踌躇了很长时间，直到上课铃响了才慌慌张张地跑回了自己的教室。

林梦转校到了市二高。那里是出了名的混乱，富二代扎堆，纨绔子弟也不少。我开始有些担心他会不会被带坏，但他信誓旦旦地给我打电话，说自己绝对出淤泥而不染，不会做一个坏学生。

我和他很久没有见面，后来许妍告诉我，在那段时间，林梦基本上每个礼拜都会来这里一次，只不过他没有来找过我。

但这些，那时的我都不知道。其实有时候，距离会让你敢于正视自己的内心，也会让你做许多当面不敢做的事。

比如告白。

我说："林梦啊，喜欢一个人不敢告诉他怎么办？"

"不会是我吧？"

"你做梦吧。"

那头沉默了很久，最后，我慢慢在键盘上敲出了四个字——你猜对了。

现在回想起来，肯定是我当时刚睡觉起来，脑子还没有活过来才会不顾后果地说出这句话。他粉红色的卡通头像很快闪动起来，我深吸了一口气，颤抖着双手点开了消息。

"我现在和许妍在一起。"

4

现在回想起来，那真是一段暗无天日的日子。"早恋"，对于高中生来说是一个多么可怕的字眼，不管你成绩多么优秀，只要你沾上了"早恋"这两个字，老师就不会轻易放过你，他肯定会对你百般开导，直到你下定决心痛改前非为止。

而我，那些对他的小心思之前都藏在心里，反而不是那么强烈，可把它说出来之后，竟然变成了连我自己都控制不了的冲动。

我从未像当时那样渴望见到他。

我开始给他写信，絮絮叨叨，说些学校发生的事。他从来没有给我回过信，只是在收到信的时候在 QQ 上说一声，然后不咸不淡地聊两句。

他从不会说"晚安"，就像对其他的许许多多的朋友一样，他对我只会说"wan an"。

林梦信誓旦旦地告诉我，他这一辈子只会对许妍一个人说"晚安"，哪怕以后他们不再是彼此的恋人。真是幼稚啊！

高三上学期，许妍和林梦分手了。许妍说，高三这一年，她要以学业为重，想一个人。而我对此嗤之以鼻，既然这样当初为什么要在一起。

许妍跟我说，我多羡慕你啊，学习这么好，前途肯定一片光明，你看林梦这棵歪脖子树，一点儿都不知道上进。

你说我是幸福的，却不知我有多羡慕你。哪怕这是棵歪脖子树，我也要吊死在上面。

果然不出我所料，林梦很快就给我发短信。"何一一，你帮我劝劝许妍好吗？你帮我照顾她好吗？毕竟你是她最好的朋友。"

我说："好啊，你说的事我什么时候没有答应你。"

我必须承认自己是一个失败的追求者，一直以许妍闺密的身份去劝她。可许妍就是铁了心，说什么也不，被我逼得急了她反问我："你怎么就这么关心他呢？之前是因为小，不懂事，所以才弄些乱七八糟的早恋，现在我的重心是学习！懂了吗？"

"他说把你劝回来之后就请我吃大餐。"我自然地顺口说出一个理由。她没好气地跟我说："行了，你别劝我了，我现在就请你吃大餐。"

我无言以对。

再次见到林梦是他回学校办手续的时候。我正在走廊上看学校出的画报，一身黑衣的他突然就撞入我的视线。

半年不见，他看起来长高了好多，眉目间多了几分硬朗。之前在脑海中想象了无数遍见面的场景，可当他真正站在我面前的时候，我却再也没有勇气像以前那样和他嘻嘻哈哈地打招呼。

"你以后不要再给我写信了，"他蹙着眉头，"我真的很喜欢许妍，哪怕她现在不理我。喜欢一个人，怎么会在乎她对你什么态度。"

只有十七岁的他故作成熟地说出这句话来让我很无语，但我还是豪情万丈对他说："我帮你把她追回来！"

"不用了，这是我自己的事，我自己会解决的。"他不耐烦地挥了挥手，转身离去。

那天的风很大，他走的时候我还在发呆。就在前一天，在二高的朋友还告诉我，他很颓废，逃课，抽烟，打架。

我并没有听他的话，还是一如既往地每周一封，按时寄到他的学校，尽管自从那天之后他再也没有回应过我。

我从来都不会计较这些。我一直在告诉自己，许妍是我最好的朋友，我这样做是不道德的。而且，哪怕是林梦现在说他接受我，我敢坦然地谈起恋爱，从此跟乖乖女说拜拜吗？

当然不敢，我只是一个有贼心没贼胆的家伙。

所有的努力，也许只为看到他的奋进。

5

入冬了，路上的行人都裹上了厚厚的冬装，年味越来越浓，黑板上的高考倒计时数字也在慢慢变小。

我去找了许妍。

那天下起了那个冬天的第一场雪。许妍坐在窗户边，桌角热水冒出的气在玻璃上氤氲成了雾，像当初我们三个真正相识的那个冬天。

"你知道我喜欢谁吗？"

"你说说看。"她对我这个没头没脑的问题显得有些奇怪，但是她的眼神有些让我看不透的意味在里面。

"林梦。"

"我知道，"许妍看着一脸错愕的我，"我一直都有他的 QQ 密码。其实我一直不知道应该怎么和你说，当初我也不知道怎么回事就和他在一起了，或许也算不得谈恋爱，只是有好感而已。说真的，你一点儿也不了解他。后来你找我聊他的时候我就想跟你说了，但是……我一直担心你会难堪，所以一直都没有说出来。"

我也不知道我去找许妍说这些的目的是什么，只是觉得这些事一直瞒着她，自己心里总是有些不舒服，或许只是为了找一个人分享，而分享我心事的人的身份有些特殊罢了。

许妍叹着气拍了拍我的肩膀说："专心学习，高三了，不能为了他毁了你的将来。"

几天后，有一个女生发来了好友申请，验证消息里面写了一个"梦"字。尽管我不愿意承认，但我确实是因为联想到了他才同意了好友申请。

"你好，我是林梦在二高的同桌。"

"有事吗？"

"也没什么事啦，只是很佩服你。"

我被她的话弄得摸不着头脑，就敲了一个问号过去。

"你给他写了这么多信，我要是他，肯定早就被你感动了。"

"你的意思是……你看了我写给他的信？"

"是啊，他什么都给我看，还有你们之间的事，什么暖暖手，我也

179

知道的，你们关系真的好复杂啊！不过话说回来，你还真是有毅力啊，看不出来这傻小子魅力挺大的。"

电脑这头的我盯着显示屏看了好久。

有一种被背叛的感觉。给他写信这么长时间，可他居然当作笑话一样和同桌分享。我立马打电话给他，以非常坚定的语气告诉他，把信全部还给我。

"都丢了吧……应该找不到了。"他满不在乎的语气在寒风里比我想象的要刺骨得多。

"怎么会呢？我记得他放在抽屉里面了。"他的同桌在 QQ 上迅速回了我一句。

于是我决定自己亲自去拿。二高比一高要小了很多，我很容易就找到了他所在的班级。

他的字比以前好看多了，很飘逸的行书，在他的抽屉里，我不仅找到了我给他写的所有的信，还找到了一封别人给他的回信。那是他在二高追的另一个女生。

"林梦，真是不好意思啊，那天登我 QQ 的是我男朋友，他脾气不太好，但是也希望你以后不要打扰我们了。"

在二高的这些日子，他在追另一个女生。在我的面前，他口口声声说自己多么喜欢许妍，自己多么不想放弃她，他说他会好好学习，考上好大学，再回来追许妍。他说得那么诚恳，我都信以为真。

我慢慢了解到，他在二高的时候，酗酒，闹事，活脱脱一个不良少年，都是为了那个女生。不是许妍，而是那封回信的主人。

可其实他不是忘不了那个人，他只是不爱你，仅此而已。

七月，我考到了湖川大学，许妍也如愿以偿去了武汉。

林梦落榜，决定复读。

说实话，当我听到这个消息的时候，说不出来是什么感觉。有些惋惜，也有些理所当然。当天晚上，我坐在昏暗的灯光下，给林梦写了最后一封信。

林梦：

最近一直有把我们的故事写下来的冲动。

刚才坐在床上，把高三一年我给你写的东西从头到尾看了一遍，有被自己感动到，也有些好笑。

离高考还有一百天的时候，我把写给你的东西拿了回来，想扔了，可又不舍得，放着，烦。后来我用一个大信封把它封了起来，刚才认认真真一个字一个字看了一遍，又整整齐齐地放了回去。

要不要把这个故事写下来。

还是算了吧，不写！

把这个故事写下来的时候，应该是某年某月，端端正正坐在书桌前，以无比虔诚的心情来动笔的。

毕竟这些文字里，承载了曾经的我。

如今这么草率地当作一篇小说来写，我下不去手。

想想也是很久远的事了。当时的自己真是幼稚，明明想要爱却遮遮掩掩，生怕别人发现。

那时的我连抗争的勇气都没有。

曾经以为会把爱情当成生命的全部，可如果这样，大概永远都不会有对如今这样生活的期许。

和记忆中的人恋爱，也大概永远都不会失恋吧。

许妍说因为大部分的你都生活在我的想象之中，所以才那么美好。想想也是，我们共处的时间也只有一年多，现在仔细想来，对你的陌生真让我惊恐。

真正的爱，一定是相伴着喜悦、笃实、明朗、饱满。不过，这些东西，你一个也没有给我。一段疲倦而又艰难的关系，已经与爱无关，放手吧。

别无他意，这样絮絮叨叨说了这么多，只是想告诉你，我们都在成长。

新的一年，加油。

而今一切都过去了将近一年，我也终于有勇气把这个故事讲给别人听。说实话，我的初恋并没有像一些小说中写得那么美好。那是一段狼狈而又难堪的日子，我所有自以为是的尊严在与他的博弈中输得丁点儿不剩。

今年夏天，他高考结束那天，我正好期末考试结束。

我和他在QQ上聊了很久，全是关于未来和前途，就像约定好的，谁也没有提过去的事。

最后，他说："晚安。"

"晚安。"

我对他的耿耿于怀就像是他对许妍的耿耿于怀一样，在他的那一句"晚安"中消失殆尽。

他说："何一一，我觉得以前挺对不起你的。"

我说："呵呵。"

我记得许妍对我说过，我这一段算不得初恋的初恋，真的是一出兵荒马乱的悲剧。

猫哥停了手中的笔，抬起头看着她："不知道你有没有听过一句话——开一坛香醇的老酒，有人被熏出了泪，有人却醉得丢了魂。"

女孩儿若有所思，却没有说些什么。

　　"那都算不上爱情，只是年少时懵懵懂懂的好感。或许真的是你太聪明了，不仅学习好，对感情也是那么敏感。"猫哥把记录故事的本子合上，叹了一口气，"小孩子还是不要动不动就谈爱，这个字眼太沉重，还是留在以后有能力承担它的时候再说出来吧。"

　　"你的意思是说我早熟？"女孩儿的心情此时看上去并不是那么差。

　　"嘘……"猫哥把中指放在了嘴唇上，小声说道，"年少时的感情很美好，但不要把它当成爱……悲剧还是喜剧，谁也不好下结论。正如当年，同一个故事，你和林梦却看到了不同的结局。但谁也不能否认的是，他于你，绝对是一出成长的喜剧。"猫哥将唱片装好递给了她。

　　"欢迎下次光临。"

烟花易冷

▷

楔子

夏日的午后总是会让人有无法抗拒的睡意，但这也是学生们最喜欢出来溜达的时候。猫哥强打着精神，好不容易送走了最后一个客人，这才准备上楼去睡一会儿。

门外蝉鸣愈来愈响，老树的绿意疯狂地蔓延到二楼的窗子上，仿佛无人阻挡的话它就会一直延伸到天上一般。斑驳的光影透过玻璃门打在商店角落里的唱片上，隐约可见空气中跳跃的尘埃，音箱里传来男人温润的嗓音，在算不上宽敞的屋子里氤氲成一股莫名的气味。

那是一首《烟花易冷》。

猫哥正准备上楼，在楼梯的拐角处无意间回了头，看见自己的柜台上不知什么时候放了一件衣服。

"谁这么粗心。"猫哥摇着头下了楼，肯定是哪个学生不小心落在这里的，可等他走近了才发现，那是一件破旧的袈裟。

"古董吗？"猫哥嘀咕着，正要收起来，却见一只手伸在他的眼前。

"打扰了，这件袈裟是我的。"

猫哥疑惑地抬头，只见一个云鬟高挽、眉眼含愁的古装女子弯了腰，向他讨要手里的破袈裟。

"你是……"猫哥心里疑惑，想问些什么，眼皮子却越来越重，视线也慢慢变得模糊起来。

1

伽蓝古寺。

那是一座香火并不算旺盛的古寺，没有人知道这座古寺究竟是何时建成的，就连洛阳城最年长的老者提起这座古寺，也只是说在自己很小的时候这座古寺就已经存在了。

红漆剥落的大门紧闭，匾额上三个遒劲有力的大字"伽蓝寺"也早已变得模糊不清。这座古寺的一切都散发着破败的气息，唯有寺前一大片的各色牡丹，开得正盛，灿烈至极，洋洋洒洒。

未几，便听见远处传来嗒嗒的马蹄声，愈来愈近。

是一位年轻的将士，眉目间带的都是征战沙场的杀气和傲气。眼看到了古寺的门口，他才狠狠地一拉缰绳，战马一声嘶鸣，马蹄高扬，最后毫不怜惜地踏在了一片牡丹花丛里面。

"施三，杀心太重。"

门"吱呀"一声开了，一个素衣的尼姑慢步走了出来。她的鬓角已经带了几缕白发，慈眉善目，但还是依稀可见当年的清秀。

"我说你们这佛门净土，怎么种这么些红艳的世俗之花？"那将士利落地下马，不过这次他倒是小心地避开了地上的花丛，踩在了土路之上。

"佛门净土之地，你这沙场之人又为何而来呢？"那尼姑扫了一眼他怀中露出了一个角的信封，轻叹了一口气，转身就要进去。

将士眼见她就要关上门，也顾不得再与她说话，伸手便将怀里的信封扔了出去，正好早尼姑一步，顺着门缝飘了进去。

"我家将军说了，谭姑娘前几日从军营不告而别，按军法处置是要杀头的。但将军念在她是一介女流，却又战功赫赫，故此事作罢。他让我转告你一句话，若是谭姑娘回到洛阳，还请您多照顾她，并回信报个平安。将军还说若她能回去，就既往不咎，她依然做她的副将军。"

"知道了，请回吧。"她看也没看地上一眼，抬脚便踩在那信封上，转身关了门。

待听到门外的马蹄声远了，她才轻叹一口气，朝寺院里面走去。

一阵风吹来，那沙黄色的信封在空中打了个卷，便不见了。

十年前。

那时的赵黎儿还是城西赵家的大小姐，洛阳城还是刘宋王朝的疆土。不管是寻常百姓，还是官宦人家，谁都不会为一些不在眼前的事情担忧。

"小姐，那个家伙又给您送信了。"小丫鬟匆匆地从前院跑了过来，将手里淡绿色的信纸递给了赵黎儿。赵黎儿正在摆弄自己种的牡丹，随手接过了信。

"这是他第几日来了？"她一边问着，一边打开了信。

"回小姐，第六日了。"

"带我去看看他吧。"赵黎儿将信收好，起身随着小丫鬟去了前院。就在前几日，有个年轻人给赵府送来了一封信，说是自家公子送给赵小姐的。自那日过后，这人天天都来送上一封信。那些信赵黎儿皆细细读了一遍，文采斐然，句句写的都是对她的仰慕之心。

丫鬟说那人每日送完信之后，总是要死皮赖脸地在前院待上片刻。

这次待赵黎儿到的时候，那送信之人正欲离去。

他见赵黎儿来了这里，立马停了脚步，折身朝她行礼："小生见过赵小姐。"

赵黎儿倒也和气，笑着问他："你家公子是何人？我看他的信，想必也是饱读诗书之人，为何只是让你来送信，却不敢亲自来见我呢？"

"我家公子说了，之前与姑娘不曾相识，此番若是冒昧前来，恐怕不合乎礼数，所以才日日差我来给姑娘送信。毕竟是对姑娘仰慕已久了，若是姑娘觉着我家公子不是莽人，还望姑娘择个日子，与我家公子见上一面。"

赵黎儿笑道："倒是你家公子抬举我了，烦请转告他，有空定要到我赵府喝杯茶。"

那人点头，又对她行了一个礼，便要告辞离去。赵黎儿也欲回屋，只是眼神无意间在那人的腰间扫了一下，便是若有所思，冲那男子的背影道："公子留步。"

"可是有什么事忘了交代了？"

方才没注意看，赵黎儿此时细看他的样貌，才发现他生得是眉眼俊朗，器宇轩昂。

"择日不如撞日，公子既然来都来了，为何不留下来喝杯茶再走呢？"她似笑非笑地看着他。

男子一怔，随即笑道："赵小姐是如何看出来的？"

"其一，若是差仆人来送信，将信送到便可离去，若不是想见收信之人，为何日日在这里等候呢？其二，我观公子一表人才，这般人物怎会屈为人奴呢？其三，公子方才说起自家公子之时，略有生疏，想必之前从未如此说过这样的话。所以我才猜……"

"赵小姐真是聪慧过人。"男子面露赞赏之意。

赵黎儿狡黠一笑，手指他的腰间："最重要的是公子忘了把腰间的令牌给收起来了。"

2

许言是奉圣上之命驻守洛阳城的。他来到洛阳那日，正是赵黎儿在洛阳城牡丹花会上大出风头的日子。那一日眉目清冷的她身着大红纱装，在洛阳城最高的台架上弹了一曲《烟花易冷》，一时间赵家小姐的才貌双全，传为佳话。

或许连她自己都不知道，那一日，刚刚奉命来到洛阳城的驻扎将军许言就站在万千观看牡丹花会盛况的百姓中，静静地听她弹完了那首曲子。

他在京城之时，见过数不尽的女子，可没有哪个女子让他觉得这般惊为天人，甚至在自己回府之后也因她食之无味，夜不能寐。

"原来你对我早有图谋。"赵黎儿咪咪地笑，陪着他漫步在雨后的洛阳城之中。小巷两旁的墙上挂的多是些崭新的酒旗，人来人往甚是热闹。

许言虽然身为武将，但是为人处世处处像极了一个饱读诗书的文人，人长得俊俏，也没有寻常武将的鲁莽，温润如水。

两人在街上走着，也不知走了多久，过了一个转角，便觉得行人一下子少了许多。

"伽蓝古寺。"赵黎儿饶有兴趣地看着面前的古寺，山门破旧，门前是一片光秃秃的土地，连野草都没有长几根。

"这里都是无欲无求之人才会来的，我们还是回去吧。"许言拉着她的手就要离去，却没想到赵黎儿挣开了他的手，朝寺里面走去。

"只有对世俗之物看得极重的人才会到这里，无欲无求之人谁会来求佛呢？"赵黎儿环视了四周，寺院中央是一棵参天的古树，不时地有香客从正殿里走出来，虔诚地对着那棵树拜上一拜。素袍的尼姑面色平静，或打坐，或诵经，但相同的是，她们都看起来心如止水。

"你说……她们真的是斩断尘缘之后才来到这里的吗？"赵黎儿折身出了门，许言紧随在她的身后。

"或许……是为了斩断尘缘才来到这里的呢？"她若有所思，仿佛是沉浸在这个问题里面。

"与我们又有何干系呢？"许言笑，挽起她的手出了伽蓝古寺破旧的山门，"那是对生活无望的时候才想到的事，或者真的有人喜欢这种生活，但你我都不是此种人。"

赵黎儿和许言相识不到半月，便是相熟到仿佛是前生的恋人，许言带着她走遍了洛阳城的每一处角落，带她吃遍了洛阳城的所有小吃。甚至赵黎儿这个土生土长的洛阳人，都不知道这座古城里面竟有如此多的她都不知道的秘密。

"黎儿，若圣上一直让我留在这里多好。"许言修长的手指抚上她姣好的眉目，呓语般道。

"现在国泰民安，圣上怎会把你调离洛阳城？"赵黎儿含笑，在她看来，这都是许言杞人忧天罢了。

"是吗？"许言闪烁的目光让赵黎儿看不懂他究竟在想些什么。终于，他合上了自己的双眼，小心翼翼地吻了上去。

3

许言要出征了。

北魏举国来犯，许言身为新晋将领，被圣上委以重任，带兵出征。

一个人 一壶酒 沉醉于江湖

他离去之时，正是赵黎儿桃李之年。

"你什么时候回来？"城门处的风很大，完全没有夏日的燥热，身子单薄的赵黎儿只穿了一件长衫，便感到了几分寒意。

"等我退了敌军，就会归来。"一身戎装的许言宠溺地揉了揉她的长发，道，"等我归来之日，你定要坐在城门前弹奏一曲迎接我。"

赵黎儿无言，许言也不再顾及这些儿女情长，跨上了战马，豪气万丈一挥手："随我前行！"

出征的战马扬起漫天黄沙，许言一众人头也不回出了城。赵黎儿站在城门前的那颗大石前怔了好久，才在丫鬟的催促下回了府。

"小姐，你莫要担心，许公子武艺高超，在战场上肯定不会有事的。"丫鬟端了绿豆汤送了过来，见赵黎儿坐在窗前，也不读书，也不言语，便宽慰她道。

"你不知，那沙场刀剑无眼，有半点疏忽便一命归西。古今征战多少人，又有几个能平平安安回到家中？"

"这……小姐你此时担心也是无用，倒是老爷这些日子，身子有些不舒服，你还是过去看看他吧。"

赵黎儿一听此言，终于是有所动容，将心事收起，匆匆随着丫鬟去探看赵老爷。赵老爷本就年迈，这些日子赶上天气转凉，又见自己女儿整日郁郁寡欢，心忧上火，一下扛不住便病倒了。

赵老爷的屋子在西院，屋面朝阳，她到了父亲病床的时候正是午后，是难得的暖阳天，赵老爷坐在床上正读一本医书。"爹爹……女儿不孝，这些日子忘了给爹爹请安了。"

赵老爷笑着摆了摆手："无碍，做女儿的心里想些什么，当爹的怎会不知道？"

赵黎儿心事被他说破，红了脸，低下头绞着衣角，有些出神。她不是不知，只是有些事她不敢去想，她宁愿抱着最好的期许，哪怕最后失望，也不愿从最初就带了悲怨。

"当我还是一个穷书生的时候，就是你那身为大家小姐的娘不顾众人的闲言碎语，日日给我送饭，陪我读书。我被贵人引荐做官那年，朝中大臣看中了我，要将自己的女儿许配给我，被我婉言谢绝了。权高位重自然是极好，但却比不过你娘在我最落魄的年月给我送的那些简单的饭菜。"

赵老爷合上了书，眼神恍惚，仿佛是在回忆前半生，脸上是少有的温情。

"女子家去追自己心仪的男子，在外人看来不成礼数，但你爹爹看来……这才应是我的女儿。"

一年之间，大宋的军队节节败退，无数城池失守，北魏强渡黄河，又占夺两座城池。圣上一怒之下连斩两位将军，以此立威。消息传回洛阳城的时候，正是牡丹花开的阳春三月。赵黎儿从小打理的牡丹花丛那年生得凌乱至极，扎伤了好几位家里的下人，花也开得不是那么灿烂了。

"你说，黎儿此时快到许言那小子那里了吧？"赵老爷坐在自己的门前，像一个垂暮之年的老人。

"你说你，明知道她要走，为何不拦着，万一有个三长两短可如何是好？"老夫人埋怨似的拍了拍他的肩，随即又折身回屋里拿了一件长袍，披在了他的身上。

赵老爷笑着摇了摇头："若是不让她去……你想想当年你爹拦着你的时候你做了什么事？"

老夫人闻言，满是褶皱的脸上也难得浮上了一丝绯红。

4

战场远比赵黎儿想象的要残酷，一路走来，看见的都是暗红色的土地和一些没来得及收起的残破兵器。

赵黎儿和马夫赶到军营的时候正是傍晚，远远地望见军队驻扎的烟火，就被守在前方的士兵给拦下了。赵黎儿毫无疑问地被五花大绑地带到了军营，在关押战俘的地方待了整整一日，才有人过来将她带到了将军所在的帐篷。

"你，抬起头来让我看看。"

赵黎儿身子一颤，那声音她再也熟悉不过。可就在她要抬起头的时候，却突然听见前方传来一个女子的声音，只是她的声音没有寻常女子家的柔弱，反而带了几分让人心惊的寒意。

"魏军现在竟卑鄙至此，连女子都派出来……但他们既然敢派出来，我们就敢杀，别说那么多，拉下去杀了便是。"

赵黎儿心中一惊，慌乱地抬起了头，正撞上许言冷冰冰的眸子，许言一怔，随即变得不可置信："你怎么跑到这里了？"

许言不再是那时身处洛阳城的书生模样，一身戎装显得霸气十足，倒也是一个像模像样的武将。而在他身边的是一个披盔戴甲的女子，长发挽起束在脑后，英姿飒爽，面无表情地盯着她。

赵黎儿嘴角一撇，眼泪便哗哗流了下来。许言一下子便慌了神，手忙脚乱地从椅子上跑下来，半跪在地上解开了她身上的绳子。

那女子眉头微皱，却没有说些什么。

许言告诉她，那女子唤作谭千灵，也是洛阳人氏。那年他出征之时，她女扮男装，悄悄跟着他来到了沙场之上。后来被他发现之后，本来是要将她送回洛阳的，但当时战事紧急，此事也就搁置下来了。但许言很快就发现，自己没有把她送回去是一个多么正确的决定。

谭千灵虽说是一介女流，但是行军作战却是比一些屡经沙场的老将士都要厉害，在她的指点之下，许言所驻扎的防线一直都没有被攻陷。因为战功赫赫，她很快就成为军营里地位仅次于许言的女副将军。

"你可知道，你能完好无损地赶到这里该有多幸运？"许言用手指点了点她的脑袋，"且不说魏军有可能潜入内部，光是趁着战乱打家劫舍、占地为王的贼寇，就够你死好几回了。"

"但你可知道，有多少人等了一辈子都没有等到征人归来，"赵黎儿幽幽道，"那可比魏军贼寇可怕多了。"

我不知路上山水险恶，穷寇乱贼，我只知，等一个不会归来的人比这些要让人恐惧千倍万倍。

许言轻叹一口气，伸手将她拥入了怀中。乱世出英雄，可他宁愿只做她一个人的英雄。

5

赵黎儿就要回洛阳城了。来时是她一个人，归去时，许言差了几位心腹侍卫送她回去。

她在的这些日子里，许言的生活并未有任何改变。他每日早早地去商量战事，有时挂帅出征，直到深夜才会回来，每次归来，他都是满身伤痕，有好多次都是丢了半条命。

她生怕哪日许言出去就回不来了，可她却无力阻止这些，她甚至都

无法为他分忧。反观谭千灵，虽说是一介女流，但每次都与他一起上阵杀敌，每每归来，都是满身的鲜血。

那日魏军又大举来犯，许言带了大部分的将士前去迎敌，谭千灵因为身上负伤，就留在了军营之中。可哪知狡诈的魏军又暗中派了分队从军营背面偷袭，留守军营的人本来就少，又多是些伤员，自然是伤亡惨重。谭千灵虽说负伤在身，但依旧是拼着重伤，从魏军中将手无缚鸡之力的赵黎儿带了出来。

"你还是回去吧，"许言的眼中有毫不掩饰的心疼和不满，"留在这里只会徒让我担忧，今日若不是千灵，后果不堪设想。你和千灵伤了哪一个，我都不忍。"

赵黎儿不言，她也知自己留在这里也是无益，只得回洛阳城。

半月之后，赵黎儿至洛阳城，只是让她从未料到的是，洛阳在她离去的这些日子已被魏军攻下。她伪装成难民进了城，却发现城里早已经没有了往日的繁华，走在路上的人都是匆匆忙忙。她心中一颤，不敢耽搁，回了自家的宅子。

好在赵府还是她离去的模样，大门虚掩着，可就在她踏进门的那一刻才发现，门内的大红灯笼，换成了白色的。

"小姐回来了，小姐回来了。"端着铜盆的丫鬟从偏房里走出来，正看见怔在原地的赵黎儿。她顾不得将东西放下，抱着盆子便跑了过来。

"这……是怎么回事？"她指着屋檐上的白灯笼。

小丫鬟听她这么一问，顿时眼泪掉了下来。

赵黎儿走后不久，赵老爷就撒手人寰，老夫人悲痛欲绝，没多久也随着老爷去了。赵黎儿登时顿在了原地。就在数月前，她的爹爹还在与她说，女子寻爱算不得丢人。仅仅是数月，她便与双亲阴阳两隔。

她拿了些银子将下人遣送回家，自己一个人留在了洛阳城。

她跟许言说过，自己要留在这里等他。

她日日坐在洛阳城门外的那块大石头上，每次有人进洛阳城，她都会问前方战况如何，问他们是否知道一个叫许言的将军。

她等了十年，时光把她从一个桃李年华的少女变成了眉眼沧桑的女子。后来，她会偶尔收到许言从前方寄回来的家书，可那信中，都是说战事多么紧急，谭千灵多么能为他解忧，到了后来，一纸薄信，竟有大半都在说谭千灵。

信越来越少，越来越短，终于在一个春天，等了十年的赵黎儿削发为尼，去了她和许言定情的那座古寺——伽蓝古寺。

因为战乱，寺里已经没什么人了。她在山门前种了一大片牡丹，她日日抚琴，却再没有一个温润的男子静静地听她弹完一首曲子。

十年后，刘宋战败，北魏定都洛阳。前方刘宋的将士们死的死散的散，没了联系。

6

洛阳城还是那个洛阳城，破旧的酒旗飘在空中，秋风中的街道上只有寥寥数人。

"前面就是伽蓝古寺了吧。"说话的是一位穿着缁衣的老者，看上去已是花甲之年，在他身边的是一位年近不惑的中年男子。

那中年男子看上去眉目硬朗，举手投足间都是凛冽的杀气。反观那老者，已是风烛残年，行将就木。

"我记得就在前面。"中年男子皱了眉头，小心地搀着老者。两人又走了片刻，过了一个路口，便来到了伽蓝古寺的门前。

中年男子眉头越蹙越深。当年他来的时候，伽蓝古寺已经是破旧至极，而今比当初还要不堪。山门已经坍塌，四周长满了齐腰的野草，唯有门前的一大片牡丹还是当年的模样，只是在这样的时节里，早已凋谢。

"荒了，荒了……"老者眼神瞬间黯淡了下来，长叹一口气，转身就要离去，"罢了，回去吧。"

中年男子随那老者转身，可就在他们要抬步离开的时候，古寺里面毫无征兆地传出来一阵哀怨的筝音。

老者步子一顿，紧接着转过身来，颤颤巍巍往古寺里面走去。

中年男子急忙跟上，随着他穿过没腰的野草。待走近了，才发现在坍塌的山门旁，是一个狭小的木门，只不过方才被野草遮住，两人才没有察觉。

"想不到当年征战沙场，让敌军闻风丧胆的许大将军也会变成这般模样。"

老者不言，只是怔怔地看着面前这个背对着他的青袍尼姑。许久才一字一顿道："黎儿……我回来了。"

中年男子面色古怪地看着还在抚琴的她，犹豫着，仿佛想要和老者说些什么，却终究是没有说出口。

"许言，我问你，当年去军营找你的谭千灵可还好？"她低着头，淅淅沥沥的小雨已经将她的袈裟打湿，而她对这些毫无察觉。

"我……杀了，"许言对她的问题感到些许疑惑，却还是老老实实回答了，"她知道太多我军营机密，又生了退战之心，若是将这些机密透露给北魏的将领，对我朝来说……所以我让将士守在她来的路上，将她杀了。"

"可你是否知道，她只是厌倦了打打杀杀，想回乡赡养双亲而已？"筝音戛然而止，她侧着身子转过头来，看着许言。

许言一怔，随即面色大变："你……你……不是死了吗？"

她已经是满脸皱纹，抚琴的双手也显得枯燥无光："当年你让这小将士来送信的时候，我就住在伽蓝古寺之内，我知你绝对不会轻易放过我，所以才执意不肯回去。可怜赵黎儿，只想最后再见你一面，便替我去了沙场。"

"我杀了她……"许言一个趔趄险些摔倒，"你既然知道，为何不劝住她？况且我当年在给她的信中可说得清清楚楚！"

"将军，您写给她的最后一封信，她根本就没有看……"中年男子面容苦涩，道。

谭千灵扶着身旁的树干站了起来，道："在她出发之后我便后悔了，但我想着你至少会见她一面，倒也不至于错杀。这些年我一直战战兢兢，生怕她真的……此外，她走之前曾告诉我，她若是死在沙场，就劳烦我在这里抚琴，等你凯旋。"

许言眼前一黑就要倒下，中年男子一把扶住了他。

"可笑啊可笑，她担心自己在沙场上不幸被敌军所杀，却没料到自己连沙场都没到，就被自己奔赴千里去寻的人给杀了。"她拿起古筝，起身朝里院走去，"现在你回来了，只是她早已香消玉殒，北魏也迁都洛阳。一个说会等，一个说会凯旋，你们两个……都食言了。"

一个未等，一个未归。

许言终于颤抖着跪在了雨中的伽蓝古寺之中，泣不成声。

尾声

"那这袈裟是你的……你是谭千灵还是赵黎儿？"猫哥抬起头来，却发现面前什么人也没有，待他低头，却发现手里也是空空如也，哪有什么袈裟。

"见鬼了。"猫哥嘀咕了一声，又突然想起了什么，他赶忙跑到柜台后面拿出自己的笔记本，将刚才他恍惚间听到的故事记了下来。

"一个未等，一个未归……这大概是这世间最无奈的爱情了吧。"猫哥喃喃自语。

"传奇故事之所以美，就是因为有了太多的阴差阳错。爱情也是如此，并不是彼此相爱就一定能在一起。不管是烽火四起的战乱年代，还是歌舞升平的太平盛世，爱这件事，往往很难掌握在自己的手中。"

他挥笔写下了最后一句，慢慢合上了自己的笔记本。

繁华声遁入空门折煞了世人

梦偏冷辗转一生情债又几本

如你默认生死枯等

枯等一圈又一圈的年轮

浮屠塔断了几层断了谁的魂

痛直奔一盏残灯倾塌的山门

容我再等历史转身

等酒香醇等你弹一曲古筝

…… ……

恍惚间，他看到一个穿着裂裳的古代女子，微笑着转身离去，再也不见踪迹。

美人幻颜

▷

1

清晨的山间还带了些雾气，远处的青山隐隐约约看不太清楚，倒是多了几分朦朦胧胧的美，大雄宝殿前粗壮的菩提树也落了枝丫，满地残绿。云玉拿了一把自己用地肤子扎的扫帚出了禅房。因为昨夜的大雨，山门处落了一地的残叶，他只得起了个大早去扫地。

走了几步，脚上的布鞋便被野草上的水珠给打湿了，云玉轻叹了一口气，也不再理会，专心扫起了地。没过片刻，便听见不远处传来沙沙的走路声，云玉只得停了手中的动作，抬头望了过去。

一个披着斗篷、浑身素衣的女子正从翻滚的晨雾之中漫步走来。泥泞的山路没有减缓她的脚步，云玉只觉得眼前一晃，那女子便来到了自己跟前。

"小沙弥，你家方丈呢？"那女子低着头，看不清样貌，只是声音沙哑，听起来疲惫至极。

云玉腾出一只手来摸了摸自己光溜溜的脑袋，又用手指了指身后山门殿上遒劲有力的三个大字"半山腰"，笑道："女施主，我就是这里的方丈。"

那女子略带惊讶地抬起了头，云玉这才看清，那女子戴了一面薄纱，遮住了自己的样貌。"我听闻山下的樵夫说，这山中有个半山寺，向来有求必应，所以特地上来看看。"

云玉半弯下腰捡起来地上的一片落叶，接着顺势对那女子做了一个请进的手势："不知女施主是想求什么呢？"

女子不曾回话，打量了四周，便踱着步子走进了山门。虽说是寺院，但里面却是花红柳绿，一派生机盎然之相，怪不得世人常说——"人间四月芳菲尽，山寺桃花始盛开。"

大雄宝殿里，释迦牟尼和迦叶、阿难两位尊者的佛像就摆在正中央。女子拜了拜，方转过身来，问云玉："若真如那樵夫所说，半山寺有求必应，为何却不见你这里香火鼎盛？连方丈也是由你这小毛和尚来做呢？"

云玉拿起手边的纱布，开始细细地擦拭佛像，轻声道："一来，我这半山寺不是谁想上来就能上来的；二来，对于这山间以捕猎为生，日出而作、日落而息的人们来说，虚无缥缈的佛总比不上自己手里的长矛来得实在。女施主，你还没有告诉小僧究竟是来求什么的。"

那女子哧哧地笑出声来，道："你这和尚，倒是嘴角伶俐。而我此行来是为求相。"

"哦？怎么个求法？"云玉顿了一顿，微微欠了身，望着她。

那女子犹豫片刻，还是慢慢摘下了自己脸上的白纱。一道狰狞的伤疤，自她的嘴角一直延伸到耳际，看上去骇人至极。

2

那女子唤作听雅，她的脸是一次爬山时不慎摔下山，被山石擦破的。云玉告诉她面相可以医，但是她要留在寺中拜佛七日。听雅犹记得那小沙弥笑眯眯地说要留香火钱时可恨的模样。

"施主，今日的香火钱还没给呢。"客房门外传来云玉笑意满满的声音。听雅干脆起了身，一把拉开破旧的房门，冲他道："你这小和尚，怎这般不知足？昨日不是给过你香火钱了吗？"

云玉拿了钵，含笑而立，头顶是一根盛开的桃树枝丫。"施主不能这么说，我佛只要一次香火钱表诚意便够了，小和尚我可是天天要吃饭呀。吃不饱的话哪来的力气给施主医面相？"

听雅不耐烦，随手扯了一吊钱便扔了过去，紧接着重重地关上了门。

"也不怕我这铜臭味脏了你的钵！"

云玉好像并没有听到她说的话似的，心满意足地向自己的禅房走去，临走之前还有意无意地扫了客房前的那株桃树一眼。

听雅回了自己的桌前，转念一想又觉得不是甚妥。自己是来求医的，万一那小和尚恼羞成怒，把自己赶下山，岂不是白来一趟？她寻思着如何与小和尚处理好关系。

就在这时，外面传来了"咚咚"的敲门声，听雅一顿，想必是那小和尚又折回来了，倒也省得她跑一趟。听雅一把拉开了门，正要开口，却怔在了原地。

门外的青衫男子赤着脚，长发披肩，头顶还落了几瓣桃花，眉目清冷，不知为何，看起来竟有几分女子才有的魅力。

"你是山下来的香客吗？"他开口问道，声线也如人一般清冷。

听雅点头，略带疑惑地打量着他。本是初夏四月天，清晨的山间还是带有几分凉意的，那青衫男子却赤脚而来，更为奇怪的是那男子的足上白白净净，没有丁点山泥。

"我跟你讲，那小和尚是吃人的妖怪。你若是想活命，还是快快下山去吧。"语罢，便不再理会听雅，转身从回廊离去。

"哎，还未请教公子名讳？"听雅连忙追了出去。不知为何，那男子看起来步子极为缓慢，可她就是追不上。

"以山。"那男子到回廊拐角处一个转身便没了身影。听雅心里愈发好奇，抬步正准备追去，却突然听到身后不远处云玉在唤她。

"女施主这是要往哪里去？"

听雅一顿，转过身来不露痕迹道："无事，随便逛逛而已。"

云玉哈哈一笑，又摸了摸自己光溜溜的脑袋，也不再多问。"女施主随我来吧，草药已经熬好了，小僧这就为你医相。不过小僧可是要告诫女施主，这深山老林里，日子久了难免会有些山精野怪之类的，最是会惑人心智。施主无事的话还是不要乱走，免得生出什么事端，还得小僧去搭救。"

听雅一听可以医治自己的脸，也顾不得方才那奇怪的男子，折身随着云玉去了大殿。对于云玉所说的，她还是信了几分。心中暗忖自己还是少走动为妙，免得落下舌根，好让那小和尚又有借口来讨要香火钱。

听雅随着云玉的步子出了门，刚走没几步，便仿佛听到有人在她的耳边呓语。

"小和尚是吃人的妖怪，小和尚是吃人的妖怪……"

听雅步子一顿，抬起头来环视四周，却未见有人影，心里便生出了几分恐惧。还未等她叫出声来，前方察觉到气氛诡异的云玉便转过头来："施主？有什么不妥？"

是这说话之人是妖物，还是如他所说小和尚是吃人的妖怪？听雅一时间踌躇起来，走也不是，退也不是，只得停在了原地，略带惧意地打量着云玉，又不时地望向四周。

云玉眉头一皱，吸了吸鼻子，道："不对……这附近有妖怪！"

听雅只见云玉手一挥，将自己手里的那串佛珠扔向了走廊外的夜色之中，紧接着便看到听雅门前的那棵桃树下闪过一阵红光，又瞬间熄灭。

就在红光闪过的瞬间，听雅分明看到方才找到自己的唤作以山的男子。可令她心中一惊的是，那男子的下半身竟然和桃树融为一体，正带着诡异的笑意幽幽地望着她。

听雅身子一软，险些摔倒，好在云玉眼疾手快，冲过来一把扶住了她。

"无甚大碍，不管是什么妖怪，我拿师傅传下来的佛珠都能镇住的，待过几日天晴了我再去细看。"云玉安慰她道。

听雅此刻才回过神来，勉强地点点头，自己站了起来。

听雅随云玉来了大殿，只见那供台上，香炉旁边放了一只破旧的瓦罐，几朵木芙蓉浮在里面不知名的液体上，还有一股莫名的香气氤氲在大殿。

"这是小僧花了一个清晨在山间采了梨花、杏花、桃花、蔷薇、樱花、白玉兰、含笑和海棠上的露水，熬了一个上午，再泡上木芙蓉才制得的。"云玉对自己的成果颇为自豪，招呼听雅到佛前跪下，又端来了那只瓦罐。

云玉面对着她跪在了地上，正要拿起手中的画笔给她涂抹药水，却又突然间想起了什么似的，站起身来，匆匆地跑向了自己的禅房。不一会儿，听雅便见他气喘吁吁地跑了回来，手里还捏了一柄斑驳的铜镜，递给了她。

"施主自己也看着些，免得说小僧医术不精。"

刚刚平静下来的听雅却险些笑出声来，没想到这小和尚不仅是个贪财的主，还可爱得紧。云玉不慌不忙跪了下来，用画笔蘸了些药水，小心翼翼地摘下了听雅的面纱，在她脸上的疤痕处细细涂抹了一遍。

3

听雅只觉得疤痕处痒痒的，随后她便在镜子里看到，自己脸上的疤痕正以肉眼可见的速度淡下去，直至不见踪迹。她抑制不住心中的狂喜。连忙起身向云玉道谢："多谢师父，多谢师父。"

云玉并没有注意到她称呼的改变，只是盯着她的脸看了许久，连说了几声蹊跷。听雅疑惑，正要询问，云玉便开口道："女施主先不要下山，待过几日看看再说。"听雅见他一本正经，不像骗人的样子，也只得压下内心的疑惑，暂且听他的话，留在半山寺。

转眼间又过了几日，也未见以山再次出现，听雅便寻思着要下山，在日暮的时候找到了云玉，说她就要下山了。

"女施主，"云玉摸了摸自己的脑袋，"虽说你看起来凶神恶煞的，但小僧还是要提醒你一句，山中多妖物，那些东西可不像小僧这么好说话，个个都比你恐怖！依小僧看，你还是在这里再住一晚，明日再回。"

听雅一惊，转眼间又反应过来，骂道："你这小和尚拐着弯地损我！"

云玉笑笑不说话，转身就要离去。

"你说那妖怪一个比一个可怕，若是遇上一个面目俊美，看上去手无缚鸡之力的人呢？"

云玉转过头来，正色道："山中的精怪，大都惧怕我佛，故不敢来这半山寺。唯有那可以化作人形的老怪最是狡猾，偷偷溜进来，把香客骗下山，好在路上将他们吃掉。不过施主放心，既然你来了半山寺，又捐了这么多香火钱，小僧定会保你平安。"

"这和尚，虽说贪财了些，医术倒是令人佩服，心地倒也善良……"听雅自言自语道，"如他所言，若小和尚真是妖怪，怎敢在佛像前给我治病？倒是前几日那神秘的男子，不知是何来历……难不成真是这山间的妖怪？"

到了夜间，山里便凉了下来，听雅只觉得开着窗子也冷，再者山里不时传来凄厉的狼叫声，听得她也是瘆得慌，于是便披了一件袍子，起身去关窗。

她刚走到窗子边，一抬头，顿时吓得身子一颤险些摔倒。只见那赤足的青衫男子就立在窗户外，目不转睛地盯着她。

"以山？"她心里惊惧，但还是强装镇静问道，生怕惹怒了这妖物。

男子压低声音道："我不是告诉你了吗？那和尚是吃人的妖怪，你为何不逃走？"

听雅强作笑意，却见他皱了眉。听雅一惊，难不成这妖怪见骗不了自己，恼羞成怒？她不敢再与他交谈，急忙关了窗，转身朝对着禅房的那扇门跑过去。刚打开门，就看见云玉挑着一盏大红灯笼，哼着曲子从曲折的回廊上慢悠悠走了过来。歌声在深山中不停地回荡，多了几分瘆人的意味。再回头，却发现以山也不见了身影。

听雅正要向他诉述方才的事，却见云玉手里提了一只竹篮。

"小师傅这么晚了是要去哪儿啊？"

"采桃花。"云玉挑着灯，走到了客房门前的那株桃树下，却又突然转过身来，直勾勾地盯着听雅，道："女施主，快去把镜子拿来看看你的脸。"

听雅登时有了一种不祥的预感，匆匆回了自己的房去把云玉今日送她的铜镜给拿了出来，借着灯光一看，便一下子愣在了原地。只见她脸上那道狰狞的疤痕，不知何时又浮现了出来，而且看起来更加的狰狞！

听雅觉得自己快要疯了，盯着云玉一字一顿道："你不是说可以医好我的脸吗？"

云玉丝毫没有慌张，反问道："女施主，世事本无相，万相由心生，你可是有什么事瞒着小僧？"

听雅怔了许久，才叹了一口气，开始给云玉讲她的故事。

4

听雅有一孪生妹妹，唤作听瑶。两人本是京城望族的大小姐和二小姐，听雅自幼喜读诗书，温雅贤淑，听瑶偏偏是个假小子，不喜琴棋书画和女红之类，反倒是钟爱骑马射箭这些男儿爱的事物。

听雅和听瑶十八岁生日那日，府上举办了一次隆重的宴会，京城里叫得上名的望族几乎全都去了。也就是在那日，听雅和听瑶同时相中了一家商会的二公子。那二公子生得眉目如画，举世无双，更为可喜的是他还饱读诗书，满腹经纶，骑马射箭更是不在话下。

听雅和听瑶都中意陈家二公子，但为了不伤两人姐妹和气，两人决定约陈公子出来上山踏青，看谁能在那一日得到陈公子的青睐。可谁也料不到，那日山里突然下起了大雨，听瑶一个不小心在山崖边滑倒，多亏听雅眼疾手快，拉住了她的手，那时陈公子去为两人寻找避雨的地方了，并未在两人身边。听雅一介弱女子，很快便支持不住，只能眼睁睁看着自己的妹妹掉下了悬崖。她慌忙之下便要下山寻她，刚走了没几步便摔在了泥泞的山路上，脸也划到了山石，一下子便晕了过去。后来好在陈公子及时赶来，将她救了回来。只可惜听瑶，红颜薄命，年纪轻轻便香消玉殒了。

听雅说着便流出两行泪来，梨花带雨，甚是惹人怜爱。

云玉面无表情地看着她，突然就转过身去不理会她，自顾自摘起了自己的桃花。

"小师傅不相信我？"听雅抹了把眼泪，止住了哭泣，看着一旁的云玉。云玉手脚麻利地爬上了桃树，一把大红灯笼掩映在重重桃花里煞是好看。他不带感情回她："女施主，我说过了，相由心生，施主定是做了什么不好的事，我佛才惩罚你，不让我医好你的脸的。"

他摘了一大篮桃花，才小心翼翼地从树上爬了下来，道："恕小僧无礼，依小僧看来，施主恐怕不是救不了自己的妹妹，而是不想救吧。"

语罢，他也不看听雅错愕的神情，提起灯笼便离去了。

云玉刚走，听雅便觉得身后有人拍了自己一下，她转过身去，只见以山紧紧贴着她，阴森森地来了一句："快下山吧，小和尚是妖怪，以山以项上人头做担保，绝对没有欺骗姑娘。"

听雅受惊，尖叫了一声，转身便追着云玉朝禅房跑去。奇怪的是以山并没有去追她，只是怔在了原地，脸上带了失望的神情。

听雅跌跌撞撞进了门，带着哭腔道："云玉师傅，你救救我吧，小女子真的不是故意不救听瑶的，只是我一介弱女子，实在是无能为力啊！现如今我这般模样，陈公子怎么肯娶我？"

云玉将桃花洗干净，放进罐子里，转过身来叹了一口气，道："其一，若那陈公子真的喜欢你，怎会在意你脸上这道疤？世人都只看外相，这实在是我佛之殇啊；其二，你说你救不了她，小僧却是万万不信，你自幼习武，怎么可能连一个女子都救不上来呢？"

"你……"

"你上山那日，刚下过雨，山路泥泞，我看你走来却是轻松至极。而且我这小寺地处半山，寻常女子就算是到了这里，也应是筋疲力尽，而你却面色不改，连大气都不喘。再者，手无缚鸡之力的女子见了莫名出现的神秘男子，第一反应应是害怕甚至逃走，而你还三番五次与他搭话，若不是有点功夫，怎会如此胆大？"

听瑶一怔，转过头去，却见青衫的以山就立在门口，双脚离地，沮丧地看着两人。

"妖怪！"听瑶惊恐至极，往云玉身边凑了凑，"师傅，快收了这鬼怪！"

云玉轻笑，接着道："小僧想，听雅姑娘也不是失足掉下了山，而是你将她推下去的。想必是陈公子相中的是听雅，而你心有不忿，设计害死了听雅，仗着两人相像，陈公子又与你们交往不深，这才斗胆冒充听雅。但你自己也没想到，听雅的临死反扑竟会伤了你的脸吧？"

听瑶无力地瘫坐在地上，像是被说破了所有的心事。

云玉从她身边走过，来到了以山的旁边，道："以山大师，你输了。我就说世人只看外相，肤浅至极。听瑶姑娘，你可看清了，我才是妖怪，以山才是这里真正的方丈。"

以山苦笑一声，慢慢落在了地上，身上的青衫化作了一件土灰色的僧袍。而云玉却摇身一变，化作一清秀白衣少年，眉间点了一朵艳丽异常的七瓣桃花。

"你来之前，我与云玉打赌，看下一个上山的香客是相信这个穿了僧袍的皮囊，还是相信我的话。只可惜啊……我输了。此外，云玉也从未治好你的脸，一切外相都是他给你的那面铜镜造成的。"

听瑶惊恐至极，惨叫一声，狼狈地爬起身来，跌跌撞撞便爬出了禅房的门，很快就消失在茫茫月色之中。

"女施主，记住了，相由心生啊！"

尾声

听瑶走后，一个黑衣女子从禅房的偏房走了出来，朝两人深深一拜："多谢两位师傅，救了听雅不说，还帮我惩治了那黑心的妹妹，小女子在这里给师傅行礼了。"

云玉急忙将她扶起，道："听雅姑娘言重了，救人一命胜造七级浮屠。再说姑娘见我们时呼我们是佛，那我们就当一次佛罢了。"

以山含笑，道："我送姑娘回去吧。"语罢，手一挥，听雅便不见了踪迹。

"师兄，你说我们究竟算是佛还是妖啊？"云玉仰着头，看着又变回一袭青衫的以山问道。

"相由心生，你说你是佛，你就是佛，你说你是妖，那你就是妖。"

以山哈哈一笑，长袖一挥便出了门："从明日开始，你还做你的桃灵，我还做我的半山方丈。"

夜色中，山门上的字隐隐约约，也看不清楚，究竟是"半山腰"还是"半山妖"？